心未眠

袁智忠 著

图书在版编目(CIP)数据

心未眠 / 袁智忠著. -- 重庆：西南师范大学出版社, 2018.8
ISBN 978-7-5621-9520-7

Ⅰ.①心… Ⅱ.①袁… Ⅲ.①散文诗-诗集-中国-当代 Ⅳ.①I227.6

中国版本图书馆CIP数据核字(2018)第168471号

心未眠
XIN WEI MIAN

袁智忠 著

责任编辑：	李晓瑞
书籍设计：	尹 恒
排 版：	重庆大雅数码印刷有限公司·吴秀琴
出版发行：	西南师范大学出版社
	网址：http://www.xscbs.com
	地址：重庆市北碚区天生路1号
	市场营销部电话：023-68868624
经 销：	全国新华书店
印 刷：	重庆市国丰印务有限责任公司
幅面尺寸：	140mm×210mm
印 张：	5.75
字 数：	102千字
版 次：	2018年8月第1版
印 次：	2018年8月第1次印刷
书 号：	ISBN 978-7-5621-9520-7
定 价：	35.00元

序 言　童心、酒醉和梦境建构的"返乡"之途

——袁智忠近年散文诗创作印象

熊　辉

袁智忠先生在西南师范大学（今西南大学）念本科的时候，住在文科生聚集的桃园宿舍，我算是与他有相似的大学体验；但袁先生比我年长，学问见识和创作才气均在我之上，当属我的老师辈。工作之后，我曾在桃花山居住过两年，经常看见袁先生手捧茶杯与人对弈；后来我搬到了文星湾学府小区，偶尔碰到他在校园里散步，总会握手寒暄，然后径自离去。戊戌年春节后的某个下午，太阳从浓雾中探出头来，阴暗的书房顿时霞光万丈，我忽然接到袁先生的电话，嘱我给他新作的散文诗集写序。我自觉难担此重任，能力高低姑且不论，单袁先生作为前辈的身份就足以让我生畏。但他执意如此，特地约我恳谈，还以美酒和香茶相待，我恭敬不如从命，才不辜负袁先生的一片期待。"诗无达诂"，我当

然不能穷尽袁先生诗歌的全部情思和审美艺术,过度诠释或偏颇执拗之处也在所难免,此文姑且当作我们心灵的唱和吧。

袁智忠先生一直致力于散文诗创作,其目的是为自己建构精神层面的理想居所,在充满劳绩的现实生活之外,通过童心、醉酒和梦境等途径抵达荷尔德林所谓的"故乡",从而坚强并诗意地栖居在大地上。

一

在道学僵化并严重禁锢人心的情况下,明代思想家李贽在收入《焚书》中的《童心说》一文中表示,希望文学作品能秉着"一念之本心",具备坦率表达个体真实欲望及情感的"私心"和"童心"。英国浪漫主义诗人华兹华斯在《每当我看见天上的彩虹》一诗中,有一句让人费解的诗句:"儿童乃成人之父。"诗人意在说明成人应尽量保持儿童的纯真心灵,保持儿童对自然世界富有想象力的感知,因为成人大都被纷繁的世界染变得世故圆滑。从感受真实世界的角度来讲,成人已远远落后于儿童,儿童才是成人的老师。如此看来,李贽和华兹华斯的思想有异曲同工之妙,即"童心"视角是真实表达作者主体情感的重要途径。

袁智忠先生用大量的诗篇去表现童年生活，或通过童年的眼光去观察现实世界，据此获得心灵的慰藉，进而在俗世之外建构起诗意的生存空间。诗人曾在《春天的御临河》这首诗中说："我永远是一个放飞风筝的孩子"，拥有一颗"永不睡眠的童心"。在经历了艰难世事之后，人到中年，难免"油腻"上身，但诗人依然保持着纯真的心态并以"童真"之眼去打量世界，从而感受到四季轮回的气息，创作出极富才情的诗篇。很多人认为只有青少年适合创作诗歌，因为他们处于激情四溢的华年，中年以后诗歌创作的才情就会枯竭，以至于再也写不出年轻时情绪饱满的诗篇了。但德国诗人歌德通过他的创作实践展示了另外一面：浪漫的少年情怀固然是创作诗歌的要素，但中年以后的沉稳心态和对艺术不懈的追求之志可以使人诗心荡漾，乃至老年以后的恬淡和沧桑更能增加诗情的厚重感。袁智忠先生的写诗行为是明显的中年创作，但可贵的是他拥有一颗童心，对美好事物执意保持兴趣，虽然昔日爱情的华彩逐渐褪色，但对艺术的初心和年过半百之后的平和心态使他的诗更有意味，他也能以风轻云淡的心情去观察周围世界，以赤子之心与世间万物交流融合。在那首写于儿童节的诗篇中，诗人分明是在"蔚蓝的天空下"

行走,却被"凉凉的风儿"吹醒了"苍白的童心",进而联想到自己苦涩的童年生活。"水流无言,光阴无声","去日之悲苦"演绎为万千思绪;"时移世迁,人生易老",诗人在如此炎凉的世态下依然抱着朴实而理想的生活理念,通过诗篇留住"童心",在儿童的世界里"醉梦不醒"。既然诗人的童年是悲苦的,那他为什么还要借助诗篇返回童年并永远停留于斯呢?很明显,《写于6月1日》这首诗中的"童年"已不再是物质贫乏的童年,也不是天真无邪的某个人生阶段,它与物质世界或物理时间无关,而是诗人半生之后立意建构的心灵栖居地。

为了抵达海德格尔存在主义层面的"返乡"之途,诗人选择了一条逃亡之路,那就是从现实生活中突围而出,让精神回到儿童时代的家乡。现代人每天穿梭在高楼大厦之间,流连于网络媒体,心思被各种欲望和压力塞得水泄不通,但带着匆匆行色返身审视来路时,却又一无所获。因此,诗人怀念故乡,怀念故乡的老屋,儿时的光阴似乎一直在缓慢地流淌着,而那时经历的人事似乎永远焕发着迷人的光彩,让人领略到真实而惬意的存在。《怀念老屋》通过写童年的温润梦想,反衬出诗人对现实世界的失望;"老屋"不再是简单的房子,它具有较强的隐喻功能,喻指诗人理想的生活居所。在诗人的精神世界里,"故乡的屋瓦"一直在"闪放光芒",儿时的生活是一幅幅流动隽永的水墨画:老屋檐前的燕子,"总是第一个把春天的讯息捎来",奏响诗人童年的"和美音符";"小脚"的外婆絮絮叨叨地讲着过去的故事,那些"素朴的道理"使诗人更加向往"明天的梦寐";老屋里摆放着"粗糙而又精美"的农具,父亲勤劳的双手使之"开放花朵"。老屋经不住岁月的风霜而坍塌,但诗人"总也走不出老屋的门槛"。燕子教会的审美、外婆讲述的做人道理、父亲勤劳的秉性等,构筑起了诗人心中永不倒塌的"老屋",那是一份割舍不掉的人生财富,也是一处诗人永远驻足的精神圣地。诗人总在作品中捍卫"乡村"的荣誉,作为心灵居所的象征,诗人心中的乡村或故乡总要胜过名山大川,就连山珍佳肴也比不过母亲腌制的"咸菜"。《乡村生活》与《怀念老屋》抒发的感情几乎如出一辙,只是诗人在前者中添加了"母亲"的形象,他"在母亲的白发里,打捞乡村生活的诗歌与梦想"。由此看来,诗人一生的时间和一世的情怀再也走不出"故乡"或"童年"的疆域,他的情思"遗落在犬吠的深巷尽头,遗落在知了的长鸣声中,遗落在外婆那双小脚赶月的脚印窝里"。

　　诗人的童年时代应该是在20世纪70年代前后,那是一个物质极度匮乏且信息相对封闭的年代,但诗人笔下的童年并非苦难生活的代名词,反而一直被刻画成温暖的模样。袁智忠先生之所以用大量的诗歌去表现农村生活，不仅因为农村生活的乐天祥和，农人坚忍向上的求索精神，更重要的是他拥有"儿童"的观照方式。《苦秋》算是诗人回忆儿时乡村艰苦生活的代表作之一，诗人首先为我们呈现了一幕落魄的求学情景："撑一把蓝布伞，光一双小脚丫，故乡的石板路上，绵绵的秋雨淋湿的天空，我多次滑倒的青春连同书包里的那几本残破的课本，在雨水里闪亮一行苦涩的回味。"尽管如此，诗人依然没有埋怨的语气，也没有责怪生不逢时的际遇，而是将苦难视为一生的重要财富。正如他自己所说，在经历了"数十载秋风秋雨"的洗礼之后，才能"长出营养一生的养料"。这首诗印证了"苦难是福"的俗语，诗人倘若没有童年乡村艰难生活的磨炼，就不可能有后来人生道路上取得的诸多成就，而他的诗篇也力图通过乡村童年生活来表现积极向上的人生态度。

正因为诗人以"童心"来观察世界，乡村的一切事物都美丽如画，就连艰难困苦也会演奏出快乐的音符。诗人通过高考进入大学，毕业后一直在城里工作，但对农村生活念念不忘，他的很多诗篇都是对以往乡村生活经验的表达，比如《太阳红》《捡狗粪》《割猪草的幺妹》《麦收》《三月的风》等。在这些诗作中，诗人主要是为了展现农人乐观知足的生活姿态。在《割猪草的幺妹》这首诗中,"一件花衣裳"就足以让"幺妹"感到无比快乐;《三月的风》形象地再现了农人天然而幸福的生活场景:"三月的风是一串银铃般的笑声,在和美的光芒里,男人春眠的鼾声,女人四季庄稼春种秋收的唠叨,少年挂在蓝天飘飞的风筝,都在三月风的笑声里如歌如诗般演绎";《麦收》中重点刻画了"父亲"的勤劳形象,尽管"父亲的一生,是煎熬和愁苦的一生。庄稼收了这季,又愁下季。今年收成了,又愁来年。一生辛劳,一生愁盼",但父亲却是无比幸福的,在广袤的大地上,只要他辛劳耕耘,便会收获饱满的"麦穗"和"金灿灿的稻子",再苦的日子也注定能"开出一朵又一朵灿烂的花"。如果说母亲的满头银丝是牵挂和思念的意象,那父亲"披蓑戴笠,躬耕田水"的形象则是精神和灵魂的写照。在《以水为伴》这首诗中,诗人坐在水边,温暖的阳光和碧蓝的天空让他如坠梦里,而沉甸甸的过往也随之敲响心门,"父亲"劳作的形象在眼前挥之不去,成为滋养诗人走南闯北的动力。

如果说儿童的世界和儿童时的故乡是诗人意欲返回的精神家园,那俗世的一切不过是诗人"返乡"的载体,其写作的意义均是为了回到心灵的"故乡"。王国维在《人间词话》中说:"以我观物,故物皆著我之色彩。"诗人在游览中山古镇时,一段爱情传说深深触动了他敏锐的神经，于是蜿蜒的街道和昼夜不停的溪水就成了真情的见证，连游人口中的美食都具有形而上的色调。爱情的咏叹调常被人视为"青春写作"的余韵，而诗人已过天命之年，何故为赋新词强多情呢？在漫长而寂寞的人生旅途中，那些曾经的爱人和朋友终究敌不过岁月的洗礼，浓情蜜意化作亲人的相依相随，爱情的浪漫沉淀为今日默契的生活日常。实际上，诗人在《云空的爱情》这首诗中除了表达爱情之外，还有对物质生活的厌恶和对理想生活的诉求："男女主人公以血肉之躯，挟惊世之情爱，拾级而上，漫步云空，俯瞰众生，为东方的爱情辞典书写一行清新而又苦涩的注释。"诗人"把酒长歌"，他着意追寻的是"血肉之躯"以外的精神世界，想要摆脱的是沉闷压抑的现实生活，从而达到一种"漫步云空"与"俯瞰众生"的超脱境界。将一首倾慕爱情的诗篇作如此艰深的解读，并非读者有意为之，而是诗人的心智的确已摆脱激情的书写，所有的诗句不过是他建构理想生活居所的媒介。

　　家乡并非一成不变地安睡在诗人的心房，面对日新月异的现代工业文明的侵蚀，诗人再也回不到昔日的家乡了："泥土墙没了，半月瓦没了，满目的瓷砖与绿铁皮楼房，生长在肥田沃土里。我闻不到豆苗香，迷失在宽平的乡间公路上，任凭汽车、摩托车奔驰的声音嚎叫。"

(《家乡过年》)儿时的记忆和生活伴随着老屋的消失而瓦解,更令人痛心的是"肥田沃土"被用来修建房屋,庄稼的香气被宽广的公路取代,"农村"已今非昔比,诗人只能存在于语言建构的"家"中。

二

　　人到中年,方觉半生浮名终是虚妄,可现实利益充斥着的尘世很难让人平心静气地生活,百无聊赖的时候,诗人选择了两条通往心灵圣境的道路:一是在美好的回忆中享受逝去的清宁或激情,让那些青春岁月的光荣与梦想闪现眼前,哪怕年少时在乡村度过的清贫生活也春光无限;二是在酒精的麻醉中暂时忘却烦忧,通过买醉的方式忘记伪装的真善,抵达真实的内心世界。

　　袁智忠先生近年的散文诗仿佛都经过了烈酒的浸泡,真挚浓烈而又苦涩沉重。比如在《夜的眼》这首诗中,诗人在春天的夜晚凭栏远眺,趁着酒兴他看见了"美梦在露珠上发芽",而时间也随着心绪飞回"流浪"的少年时代,于是各种心酸往事涌上心头。尽管来路奔波坎坷,可诗人从来没有抱怨生活,而是以冷静理性的眼光分析他们那代人遭遇的各种不幸。毫无疑问,个人虽有强大的意志或丰富的情感，但面对社会历史的劫难却无法扭转时空，甚至连自己的人生航向都无法掌控，正如诗人所喟叹的那样，社会稍有动荡，"我们的生命就颠簸了好多年"。诚然，现实难以容纳纯精神或情感层面的生活，诗人只有通过醉酒的方式进入与现实相隔的另一层空间，他在那里可以恣意想象，可以获得灵魂的自由和精神的放松。就如《一个人的村庄》这首诗所写："酒醉后，一个人。寒夜里，在麦地上寻找走进村庄的小路。"此时的"村庄"是诗人心灵的故乡，是诗人终其一生都在用诗歌建构的理想栖居地，而他只有在醉酒后的寒夜里，在没有旁人打扰的时候才能抵达他的"村庄"，抵达他的"快乐老家"，在那里他才能获得尘世中最真挚的情感——满头白发的母亲在"顾盼我回家"。清醒的时候，故乡仍然在诗人的笔下透出阳光般温暖的气息，是他情感寄托的家园，每当他想起故乡的渡船，就想起了行人晚归的图景，于是"梦回沙滩，古船犹在，隐隐约约，渡山渡水，渡一船向往彼岸不灭的梦呓"。只有故乡的"渡船"能将他载往彼岸，到达一个没有烦忧和愁苦的世界。

再美的诗篇也无法阻止时光的流逝，再美的祝愿也无法抗拒生命的衰老，袁智忠先生的散文诗在立意建构心灵居所的同时，也生出很多无奈的隐痛。读诗人那些怀念乡村和亲人的作品，我们不免眼眶潮润，心生悲凉。讲故事的"外婆"早已与诗人阴阳两隔，冬天双手冻得通红的"小妹"如今也承担了无尽的生活压力；而勤劳的"父亲"也跟随大雪的足迹消融于黄土之下，他留给诗人最后的印象是："下雪的日子，父亲烤着灰笼，盘算春耕夏耘的笑容。""母亲"的形象在诗人的作品中出现频次最高，在无数寒冷的日子里，诗人"怀念母亲缝补旧衣的巧针巧线，和那些细数一分钱一把米过日子的唠叨"。倘若时光可以停滞不前，岁月可以安静和顺，诗人便能和挚爱的亲人一起做伴同行；可当大雪不再覆盖大地的时候，"父亲走了，母亲老了。我独坐客栈，无语无言"。沉默是无奈的表达，也是无声的抗拒。诗人表达时间无情流逝的诗句还体现在《无语的人生》这首诗中，该诗本来是写初中同学在四十年后重新聚首的高兴场景，却被诗人写得沉重而心痛：时间年轮"只轻轻眨了一下眼"，"一群乡村孩子，就从童年熬到了中年"，而曾经天真烂漫的脸庞也"长成了数十张酸甜苦辣不同的脸"，青春因此"长满老茧和汗渍"，诗人不禁发出了长长的叹息："茫茫苍天，此何人生？"《致桃园生长过的青春》这首诗同样表达了人到中年的无奈："人到中年/生命已然在风雨中/煎熬成了嚼在嘴里的口香糖/吞不进去/吐不出来"。

面对生活的无解难题和不能承受之重,诗人在买醉中与现实疏离,以此获得精神的自由和解脱,但僻静之地也是他安放心灵的场所。在《游偏岩古镇》这首诗中,诗人带着寻找安静环境的"梦"来到古镇,但坐在溪流前品茶的诗人,终是无法悟得人生的"阴晴圆缺,春夏秋冬,死死生生,分分合合",因此他"端坐无语,想做一名打坐的高僧",在青山绿水的古镇忘却尘世的纷扰。现代人被囚禁在钢筋水泥修建的高楼中,诗人写下《春游龙兴古镇》来表达一种逃遁的心情,认为只有离开都市到古镇上去,才能"浇灌被水泥森林和鸽子笼囚禁的灵魂"。《湿地抒情》这样写道:"逃离都市的喧嚣,来到这大地的私处,享受草绿水碧间木舟荡桨的柔情蜜意,释放一串又一串烦恼与紧张,书写生命活力的华章。"诗人走进大自然,就能忘却现实生活的各种压力,将烦恼与紧张抛在脑后,展现原初的生命力,获得身心的自由与宁静。不管是"筑梦高山",还是"心向大海",诗人的内心都在吁求一种平静如水的生活环境:"拥有一切生命形态和人间至美的余欢,山和水,花朵和鸟儿,水和草,河流和绿树和谐地构造在一起。仰望蓝天,在阳光和雨水的滋润下,显露赤诚的爱与美,养育我生命拔节的声响。"(《湿地公园》)这是"天人合一"的最好注解,只有在和谐的自然环境中,诗人才能听见时间的脚步和生命的交响。在《听叠水河瀑布》一诗中,诗人"停下忙碌的脚步","点燃一炷心香,供奉一颗循道的素心"。而只有当他徜徉在大自然的怀抱中,才能"品味生命的玄意",平心静气地思考生命的真谛或活着的意义。

诗人在梦境中同样可以进入与现实完全不同的世界,保持与现实的距离,在想象中建构理想的生活场所。如果说诗人用诗篇构筑的心灵居所还停留在观念层面,那《在一个平台做梦》则勾勒出他亦真亦幻的实景生活。诗人在第一节中认为,生活如同"刀风霜月",自己如同"一只沙漠上空的蝴蝶",在"远离绿洲"的危险空间"千万次飞翔",最终"梦回庄周"。诗人借用庄生梦蝶的典故,表达人生在世的诸多困惑和不安,我们不知道自己生活在真实还是虚幻中,难以超越认识的局限。但诗人不管尘世的喧嚣杂乱,他愿意"恬静如乡间野草。观雨露晨曦,听蛙鸣虫吟,心如一湾浅水,波澜不语。"在繁华的都市里,故乡的蛙鸣虫吟响彻耳畔,在滚滚红尘中保持波澜不惊的心态,这是诗人返璞归真后力图保持的平和心境。最后一节,诗人要"筑平台于高山之巅兮,做好梦于昼日。此身上仰天穹,下就土木,把肉身之外一切去了,天地无边。"岁月静好方能白天黑夜都生活在梦幻之中,《古诗十九首》有诗云:"人生天地间，忽如远行客。"我们都是在天地间漂泊的游客，没有归途和来路，只有卸除沉重的肉身，精神方能获得自由与解脱，天地才会开阔无边。这首诗具有十分浓厚的道家色彩，老庄的"齐物论"让诗人能对物我生死和是非得失淡然处之，从而在归隐山水田园之中获得超然物外的永恒存在。

这不由得使人想起海德格尔意欲返回的故乡："南黑森林一个开阔山谷的陡峭斜坡上，有一间滑雪小屋，海拔一千一百五十米。小屋仅六米宽，七米长。低矮的屋顶覆盖着三个房间：厨房兼起居室、卧室和书房。整个狭长的谷底和对面同样陡峭的山坡上，疏疏落落地点缀着农舍，再往上是草地和牧场，一直延伸到林子，那里古老的杉树茂密参天。这一切之上，是夏日明净的天空。两只苍鹰在这片灿烂的晴空里盘旋，舒缓、自在。"（海德格尔：《人，诗意地安居》）海德格尔通过对荷尔德林诗歌的阐释来表达自己的"存在"之思，而荷尔德林的诗篇《返乡——致亲人》流传甚广，其对"阿尔卑斯山"景色的描写也堪称绝妙："在阿尔卑斯山上，夜色微明，云/创作着喜悦，遮盖着空荡的山谷。/喜滋滋的山风呼啸奔腾，/一道光线蓦然闪过冷杉林。/那快乐地颤动的混沌在缓缓地逼近和奋争，/它羽毛未丰却有强力，颂扬着山岩下友爱的争执，/在永恒的范限内酝酿,步履蹒跚,/因为清晨更狂放地在山里降临。"这也易于让人想起陶渊明笔下的"南山",袁智忠先生笔下的故乡、村庄、老屋等都寄寓了相似的感情。

三

  袁智忠先生在很多作品中表达了放情山水的"逍遥"思想,让人觉得他确乎道家思想的信奉者,但诗人同样也深受儒家思想的浸润,其作品充盈着不可冲淡的入世情结。
  童心视角、醉酒或梦境使诗人获得了返乡之途,而他意欲返回的家乡是精神层面的胜境,与现实格格不入。从这个意义上讲,诗人似乎是不谙世事的理想主义者,但实际情况并非如此,袁智忠先生拥有民族大爱的胸襟,在那首参观了法国巴黎拉雪兹神父公墓后写成的《游拉雪兹公墓》一诗中,诗人由衷地赞美民族英雄和为祖国的发展做出过卓越贡献的民族精英。拉雪兹神父公墓中埋葬的是在过去几百年里为法兰西做出贡献的名人,诗人赶在法国国庆节的时候去瞻仰墓地,认为"一个族群的精英,在法兰西的土地上,死后亦为方阵,把那些伟岸的精神,齐刷刷流芳万世,长成一个国族的骄傲"。当阅兵仪式上的飞机划过天空的时候,诗人获得了"阳光下的顿悟",那便是一个国家的强大除了武器和物质的发达之外,还必须有"伟岸的精神"。诗人的写作意图十分明显,他不是要读者去羡慕法国的精神和经济,而是作为一个中国人,一个"大汉的子民",我们同样应该有"强国梦",真挚浓烈的爱国情怀跃然纸上。在《走进李庄》这首诗中,诗人歌唱"民族的血性"和一群信守"国不可辱"的知识分子。在战火纷飞的年代,外敌的入侵点燃了中国人自卫的激情,"李庄"的高粱白酒更是在内迁知识分子的"体魂内发酵出生产民族精神食粮的决绝力量"。

  儒家文化虽然强调"中庸之道",压制了文学的个性化书写和情感的个人化表达;但与此同时,先贤孔子强调个人的道德修为,只有"吾日三省吾身"方可实现"治国平天下"的抱负。及至明清时期,在王阳明的努力下,儒家的"内圣外王"思想得以进一步完善,只有自我修养颇高的人才能施行"王道",实现知行合一。因此,历代读书人都较为注重道德修养的提升,这是中国知识分子乃至普通人朴素的生命价值观,袁智忠先生相应地在诗篇中对此有充分的演绎。《雨中的米兰》这首诗具有明显的"自省"色彩。诗人在参观米兰大教堂时创作了如下诗行:"我只想把欲望的心掏出来,在耶稣的灵前作一次深深的忏悔。//在雨中,我为多情的村庄忏悔,我为喧嚣的城市忏悔,我为匆匆的脚步忏悔,我为贪婪的心灵忏悔。//我忏悔,我是一名远离教堂的闹市之子;我忏悔,我是一名远离生命原乡的流浪汉。"诗人并不信奉基督教,但在参观宏伟的米兰大教堂时却像一位虔诚的基督徒,因为破败的乡村、物欲横流的都市、不断追逐现实名利的个人以及贪婪无度的私欲等等,诗人必须向圣母玛利亚忏悔。更重要的是,诗人觉得自己是被放逐在闹市的荡子,他和很多人一样,是一群"远离生命原乡的流浪汉",这是何等沉重的叹息和忏悔。也正是因为这些无尽的"忏悔",诗人提高自我修养的心思以及对众人精神放逐的忧虑才显得更有价值和意义,而他"兼济天下"的"大我"情怀也得以彰显。

  最后不得不提及的是,与之前的散文诗相比,袁智忠先生近期的作品在风格上有比较明显的变化,最突出的就是语言更加平实,减少了意象的堆砌和思维的跳跃,他倾向于以简单的语言去表达深刻的情感。这种诗风的转变,也许并非诗人有意为之,而是生活经验的积累和人生境界的提升所致。相比年轻时候的为赋新词强说愁,袁智忠先生如今的作品更具艺术的魅力,也更有思想的深度和情感的普适性,阅读《心未眠》中的散文诗,犹如细品一壶茗茶的悠远清香或一杯老酒的醇香芬芳。

(熊辉,西南大学教授,博士研究生导师,中国新诗研究所所长)

目录 CONTENTS

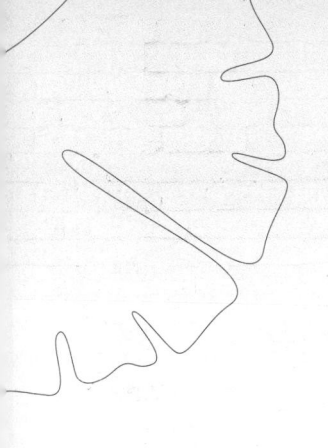

序言　童心、酒醉和梦境建构的

　　　　"返乡"之途

第一乐章：

且行且吟

云空的爱情

　　——游中山古镇　　　/002

夜的眼　　　　　　　　/003

听风　　　　　　　　　/004

狮子峰　　　　　　　　/005

捡狗粪　　　　　　　　/006

走进李庄　　　　　　　/008

割猪草的幺妹　　　　　/010

麦收　　　　　　　　　/011

写于6月1日　　　　　 /012

在一个平台做梦　　　　/013

太阳红　　　　　　　　/014

目录

飞越蒙古高原	/015	苦秋	/033
游拉雪兹公墓	/016	雪夜走笔	/034
塞纳河抒怀	/017	一个人的村庄	/035
巴黎的咖啡	/018	一阵风	/036
薰衣草	/019	春汛	/037
马赛印象	/020	怀念渡船	/038
戛纳之夜	/021	春水	/039
雨中的米兰	/022	双桂堂	/040
地球母亲,我为您哭泣		油菜花的心事	/041
——大木花谷避暑感怀	/023	雨中的树	/042
某个时刻	/025	宁夏走笔之沙湖	/043
想象草原	/026	宁夏走笔之水洞沟	/044
蟠龙洞	/027	宁夏走笔之苦节堂	/045
井冈山	/028	宁夏走笔之沙漠遐想	/046
龙潭		写在雨季的歌	/047
——写给毛泽东和他的红军们	/029	草街夜语	/048
		雨中的理坑	/049
湖梦	/030	读小空山	/051
三月的风	/031	湿地抒情	/052
青山绿水	/032	腾冲,腾冲	/053

听叠水河瀑布	/054	雨中的白鹤梁	/073
风中的记忆	/055	春夜的眼	/074
冬天的孔雀谷	/056	梦中的春天	/075
龙凤溪	/057	阳光下的心语	/076
腊月乡村	/058	春夜，在乡村游走	/077
春游橘子洲	/059	山中的酒	/078
月夜	/060	凤凰山下	/079
钓鱼城怀古	/061	林中恋歌	/080
怀念老屋	/062	风雨相送	
绿夏	/063	——写给第三届硕士毕业生	
夜宿白云竹海	/064		/081
江南的最后一次爱情		舞韵	/082
——与曹峻冰教授同题	/065	静读崇德湖	/083
写给中秋	/066	走向一棵树	/084
乡村生活	/067	雨夜，烧烤摊的酒	/085
春天的御临河	/068	远与近	/086
听歌	/069	宜宾的酒	/087
荷塘月色	/070	冬日阳光	/089
游偏岩古镇	/071	夜宿碧沙岗	/090
春游龙兴古镇	/072	思乡曲	/091

目录

距离
　　——和赵剑教授同题照片 /092
紫罗兰　　　　　　　　/093
以水为伴　　　　　　　/094
找月亮　　　　　　　　/095
无语的人生
　　——写给初中同学毕业40年聚会 /096
姚家大院　　　　　　　/098
鸽子　　　　　　　　　/099
秋夜的水江　　　　　　/100
雪盼　　　　　　　　　/101
家乡过年　　　　　　　/102
寒江水　　　　　　　　/103
湿地公园　　　　　　　/104
读水　　　　　　　　　/105
鱼钓（一）　　　　　　/106
鱼钓（二）　　　　　　/107
梦游玄天湖　　　　　　/108

鸡公山
　　——和苏榕《相见欢·游鸡公山》 /109
重游泸沽湖　　　　　　/110
邛海的风　　　　　　　/111
里约时刻·贺女排夺冠　/112
船上惜别
　　——与室友苏榕同题 /113
都江堰走笔之夜读内江 /114
都江堰走笔之沟口听水 /115
都江堰走笔之问道　　 /116
致小雨　　　　　　　　/117
夜走西水河　　　　　　/118
会理抒怀　　　　　　　/119
夜读柳河　　　　　　　/120
夕阳下的秋江　　　　　/121
北方将要下雪
　　——和峻冰教授同题 /122
立等花开　　　　　　　/124

第二乐章：
古韵新唱

"重材"赋 /126

青青山城赋 /128

抱犊寨赋 /129

勉仁赋 /132

天府中学赋 /134

蔡家小学赋 /136

合兴中学赋 /138

护城小学赋 /140

一斗火锅赋 /142

第三乐章：
父女镜像

致桃园生长过的青春 /146

父亲 /148

最后的音符：
闲话当年

捡狗粪那些事儿 /152

后记

第一乐章

且行且吟

云空的爱情
——游中山古镇

　　山深处,临河一条街,一条绵延了800余年的小街,在小河的水声中,一年又一年,翻唱着不老的爱情和歌谣。

　　红男绿女,游人不绝。春树花开,细雨拂面。烘烤在竹片上的豆腐,清香扑鼻。香喷喷的腊肉,在游人的嘴角油渍喷洒,演绎古镇上空一段绝世的爱情传奇。

　　那不是传奇,那是一道爱情铺就的天梯。男女主人公以血肉之躯,挟惊世之情爱,拾级而上,漫步云空,俯瞰众生,为东方的爱情辞典书写一行清新而又苦涩的注释。

　　阅读天梯,春风春雨中,我站在古镇的酒旗上,把酒长歌。

2011 年 4 月 11 日夜

夜的眼

  在春天，夜的眼睛也透着酒气，盘算着一年的收成。
  远方，美梦在露珠上发芽。
  那一年，蹲在瓜棚下，兄弟，我们是泡在流浪之河的少年。
  远方的旗子昏昏欲睡。于是，我们都成了色盲。
  到今天，我依然不懂，那年头旗帜一动，我们的生命就颠簸了好多年。

2011 年 4 月 13 日
北碚·王川诊所

听风

　　今夜,我以不老的青春,一步一步踏亮山路。
　　月光,在我的青春里黯淡为一个悠长悠长的梦。
　　竖立黑夜中的双耳,听风声在松林里长鸣。光影斑驳,刻录青春岁月的脚印。
　　梦想,梦想生命的脚步与风同速,踏遍山林的一草一木。
　　春华秋实,以夏夜的高度,打量松风的速度。

2011年4月30日子夜
缙云山

狮子峰

　　不知何时,在深山处的山峰,狮子一吼,万木肃然。

　　涛声在林木间一遍一遍奏响。夕阳西斜,我是一名迟来的山客,梦想在月光初露之前,学一声狮吼,成为山林的儿子。

　　万木片片生绿,林风徐徐拂衣。此去经年,我彳亍于山道,夜幕山色四围。我追梦的脚步,眨着晶亮的眼,光芒一生的路程。

2011年5月1日上午
缙云山

捡狗粪

那年冬天,我是一个捡狗粪的少年。左手提着撮箕,提着一撮箕工分,和一撮箕迷迷茫茫的梦想。

狗粪散发的气味,在麦田里,很香。多年来,一直在我的鼻孔里回旋。

右手拿着箳锄或者一个竹刮子,一边探路,一边钩起一坨一坨狗粪,金光闪闪。

狗粪交给队长,狗粪折合成工分,工分折合成报酬,庄稼收成后,就折合成全家人活命的口粮。

那年冬天,狗成了资本主义的狗。队长一声令下,一枚拇指大的猪油蛋,把王爷爷家那条听话的大黄狗,大嘴炸成了两瓣。

一半下了地狱,另一半,掉在麦地里,鲜血烧红了渴望春天鼓穗的麦苗。

黄狗死了,白狗死了,花狗也死了。我提着撮箕,走遍乡村,走遍田野。没有了狗吠,我的撮箕空空。

第二年春天,我和兄弟姐妹,肚皮饿了一个季节。那饥肠辘辘的声音,至今还在,还在我的耳边回响。

直到那个难忘的秋季,噩梦如烟云散,大黄狗从地狱复活。我捡满一撮箕狗粪,幸福无比。

2011 年 5 月 11 日

北碚家中

走进李庄

题记：2011年5月7日，余偕夫人与虞吉、黄琳夫妇、张文娟博士在宜宾学院文学与新闻传媒学院彭院长、周书记等陪同下，前往著名抗战文化遗址李庄一游。归来三日，因有所感，诗以记之。

走进李庄，我就走进了酒庄。
红高粱烧出的酒庄，把一个民族的血性点燃。
东倭犯土，战火横飞的天空下，一群背负国不可辱的文人，把酒杯高高地举过头顶。
惊天一饮，就在体魂内发酵出生产民族精神食粮的决绝力量。
走进李庄，我就走进了茶庄。
80余载春秋过去，物是人非，硝烟早已随风飘散。
独坐茶庄，品一杯清茶，把3000年历史一页翻过，荣辱成败，青铜可鉴。我手捧一碗清茶，一口又一口啜饮。
走进李庄，我就走进了水庄。
长江万里，三江汇流。浩浩荡荡，随东而去，气吞山河。

我走进民族生命的原乡，躺在水庄里，在一段博大的精神气流里流连。

2011年5月10日

听雨斋

割猪草的幺妹

背一个竹背篓,幺妹拿着镰刀在秧田坎上割猪草。

春雨刚刚下过,荠荠草,鹅儿肠,节儿梗……在夕阳下生机蓬勃,清香诱鼻。

幺妹舍不得下手,左手握着嫩嫩的荠荠草,一遍遍抚摸又端详,一边把心事漫想。

妈妈有过交代:昨天刚下了崽的母猪,胃口大得很,今天要多割点儿,煮潲时还要加半升苞谷面。

幺妹不再懈怠,右手飞快地动作,不多时辰,一背篓猪草就满了。

想到仔猪卖了,就会买一件花衣裳,幺妹甜甜地笑了。

幺妹甜甜的笑容,在春天里,映红了田野里的庄稼和澄明的天空。

2011 年 5 月 12 日下午

听雨斋

麦收

　　父亲孤独地坐在麦收后的田垄里,望望天空,望望麦桩,望望晒坝上正在被抽打的麦穗。

　　喜悦沾湿了父亲满脸的笑容,老烟斗吧嗒吧嗒地吐出一股股青烟。

　　母亲围着灶台,煎熟了一块又一块麦粑。炊烟袅袅,飘过田垄,在父亲汗涔涔的头顶上开出一朵又一朵灿烂的花。

　　父亲的心事,不在晒坝,不在灶台,在于天空下眼前这一弯麦收后渴望雨水浇灌的麦田。

　　暴雨一来,田里水满。下一轮庄稼——一株株水稻就栽种了。到了秋天,就收获金灿灿的稻子和鼓胀胀的梦。

　　父亲的一生,是煎熬和愁苦的一生。庄稼收了这季,又愁下季。今年收成了,又愁来年。一生辛劳,一生愁盼。可命运却给了父亲两个字——幸福!

2011年5月31日下午
沙坪坝·南开中学内

写于6月1日

  蔚蓝的天空下,绿树成荫,鸟鸣声声。雨后的"六一",凉凉的风儿,吹醒我苍白的童心。

  水流无言,光阴无声。睹眼中之乐景,思去日之悲苦,弯弯的小河水里,我诗心难眠。

  时移世迁,人生易老。以诗情写童心,鸟语花香中,我醉梦不醒。

2011年6月1日上午

沙坪坝·南开中学内

在一个平台做梦

　　此去经年,刀风霜月,我如一只沙漠上空的蝴蝶,远离绿洲,千万次飞翔,梦回庄周。

　　尘世嚣嚣,我行不往,恬静如乡间野草。观雨露晨曦,听蛙鸣虫吟,心如一湾浅水,波澜不语。

　　筑平台于高山之巅兮,做好梦于昼日。此身上仰天穹,下就土木,把肉身之外一切去了,天地无边。

2011 年 7 月
沙坪坝·南开中学内

太阳红

太阳红,心中的太阳红。

春水秋雾,冬雪夏花,太阳在每一天都是红色的。

行走在清水边,红太阳照亮清水绿波,波纹一轮一轮放射,如少女灿烂的笑容,活泼南方的青山。

穿梭于夏花间,红太阳把花儿一朵一朵点燃。酷热之下,我是一个辛勤耕耘的农夫,汗珠颗颗滴入花蕊,火红南方每一个夏日。

漫步于秋雾里,红太阳穿透层层雾障,催熟金灿灿的稻子和羞答答的高粱。稻子黄了,高粱红了,如村姑娘成熟的身体和满怀心事的脸颊,投报庄稼人春耕夏忙的倩影。

跋涉在冬雪里,红太阳普照着层峦起伏的雪地。蹲在河中的小船里,我是一个垂钓多年的渔夫,冷暖置于雪地之外。只把那红红的梦钓起。

太阳红,心中的太阳红。一年四季,每时每刻,男子汉生命燃烧的形态都是红色的。

2011年7月8日上午
沙坪坝·南开中学内

飞越蒙古高原

　　飞越在雪花云一样的上空，俯瞰颓荒的高原，遥想绿草丰茂、骏马奔驰的疆场，成吉思汗的长鞭，鞭影安在哉？

　　高原上星星点点的湖水，眨着黑亮的眼，仰望一轮又一轮如神鹰一样飞翔的过客，芳心暗动否？

　　我是一个大汉的子民，披览过宋词元曲，不善马骑。在飞往法兰西的天空，唯愿在书斋里，把大中华的典籍，一遍遍翻阅又冥想。

2011年7月13日
飞行途中

游拉雪兹公墓

　　一片墓地，一片躺着精英灵魂的黑色墓地，在鹰飞鹰鸣的天空下，安详地睡眠。

　　生为英雄，死为英雄，苍柏森森。夏风习习中，我这双走过东方山坡土坟岗的腿，一阵战栗。

　　同为一个族群的精英，在法兰西的土地上，死后亦为方阵，把那些伟岸的精神，齐刷刷流芳万世，长成一个国族的骄傲。

　　平面的墓地，开敞的胸襟和精神，伴随教堂的钟声，在阅兵仪式上空军演的飞机轰鸣声里流转，活化为我在阳光下的顿悟。

2011年7月14日（法国国庆日）
巴黎时间上午11：40
巴黎圣母院右旁咖啡馆，街边，独坐时

塞纳河抒怀

　　塞纳河,母亲一样法兰西的河,河水汤汤,孕育一座光芒环宇的城市和街路。

　　塞纳河,流过法兰西心脏的河,河水浸润过的土地,缀满了珍珠一样的小说和诗歌,回响着拿破仑的马蹄声声。

　　畅游在河水的波光艳影里,阅读岸边的法兰西少女,在夕阳的映照下,行走在如稻花飘香的街路上,散发巴黎香水迷人的情韵。

　　木桥、石桥、铁桥……造型百端,一座桥就承载一段故事,一段情节丰富的历史,把塞纳河的天空装饰得熠熠生辉,照亮和指引着船行的方向。

2011年7月15日
巴黎时间上午10:00
街边咖啡厅与虞吉兄对坐时

巴黎的咖啡

巴黎的咖啡是迷人的。我操着故乡绿茶的口味啜饮,品尝欧罗巴心脏的脉跳,阅读雨果的钟楼、福楼拜的情人。

巴黎的咖啡是苦涩的。那探戈里的激情与死亡,那最后一班地铁中的战争与爱情,那协和广场断下的头颅和血流,在我心灵的屏幕上闪烁。

巴黎的咖啡是蓝色的。梦想站上埃菲尔铁塔之巅,眺望激情奔放的海洋。喝一杯咖啡,就有了左岸的风景,就有了印象派的画面,就有了我这东方学人的流连。

2011年7月15日
巴黎时间上午11:00
街边咖啡馆与虞吉兄对坐时

薰衣草

  远远地，万里之外，我乘风西游，直落入一片草地，一片紫色的薰衣草地。
  青山在草地两岸伫立，默然不语。溪水漫流，祷告的大门紧闭，那从12世纪就响起的钟声，渐响渐稀。
  紫色的薰衣草，长满了女人的梦和香水，长满了洒满香水的衣裳和笑语盈盈的照片。
  草香风轻游人醉，屋老音稀经书冷。随草疯长的笑靥，打湿了教堂苍老的钟声。

2011年7月18日

尼斯一酒店，早餐后与虞吉兄、昝志鹏导游对坐时

马赛印象

《马赛曲》的马赛,洋溢着法兰西精神的马赛。站立在大教堂高高的平台,我把洋溢着红葡萄的酒神膜拜。

大仲马的马赛,弥漫着法兰西文明芳香的马赛。伯爵的传奇在伊夫堡的上空流传。蔚蓝色的地中海,激情溅飞,打湿了游艇上一群来自东方的文人。

边境港口的马赛,难民躺街的马赛。北约飞机轰炸下的利比亚,面容愁苦的难民,把我东方的血液染红又灼伤。

2011年7月19日
巴黎时间上午10:30
戛纳—米兰车上

戛纳之夜

　　带着无数的叨念,我来到戛纳,来到这座注满节日光谱的海滨之城。

　　十里长滩,落日余晖,火烧云鹰一样的造型。漫步在脚窝铺展的沙粒上,数点海鸥一样群立水面的游艇,我心向大海,心向燃烧如火的西天云彩。

　　裸身跳入海中,感受苦咸的水和白色的浪花。在迷人的海天里,心灵在沙滩上躺下,梦回童年,把跋涉和劳顿的欲望埋藏在细沙里,沉沉睡去。

　　戛纳的夜是红色的,在红地毯上留一个倩影,留下一个光影的梦想。凉风拂衣,街巷林立,行走其间,聆听法兰西的民乐和街舞,我是一个迷路的男人。

　　锁定一个梦想,在棕榈树点缀的影像里,打造一个心灵的驿站,把生命驻守其间,享受一生注定的命数。

2011 年 7 月 20 日
当地时间早上 8 : 00
米兰一旅馆候车待发时

雨中的米兰

　　在雨中，米兰的心是湿润的。

　　仰望天空，仰望夏季，仰望故国江南的云彩，雨水是滋润我生命的灵丹圣药。

　　在雨中，我赤着双脚，赤着一双从故园山路走过来的双脚，赤着一双从高楼林立的都市里走过来的双脚，穿过一条街道，又一条街道，一条小巷，又一条小巷……

　　我走进了宏伟的米兰大教堂，走进了米兰的心脏。

　　静处人流不息的教堂，我只想把疲惫的心掏出来，向圣母玛利亚作一次长长的倾诉；我只想把欲望的心掏出来，在耶稣的灵前作一次深深的忏悔。

　　在雨中，我为多情的村庄忏悔，我为喧嚣的城市忏悔，我为匆匆的脚步忏悔，我为贪婪的心灵忏悔。

　　我忏悔，我是一名远离教堂的闹市之子；我忏悔，我是一名远离生命原乡的流浪汉。

　　在雨中，因为米兰湿润的心，我的心也渐渐朗润了。

2011 年 7 月 20 日上午

米兰—罗马途中

地球母亲,我为您哭泣
——大木花谷避暑感怀

题记:近日遭遇炎晴高温,余偕妻女避暑于涪陵大木花谷,昨日四川叙永气温高达43℃,重庆主城气温42℃,均创历史新高,酷热难当,感慨系之。

满目疮痍的地球母亲,我为您哭泣。

高楼如笋林立,江河河水断流,湖泊干涸见底,垃圾如山堆放,废气在空中漂流,日复一日公转和自转,我为您的劳碌和沉重的负荷而哭泣,我为我和同胞们的贪婪哭泣!

千疮百孔的地球母亲,我为您哭泣。

深山的机器轰鸣,高铁的车轮滚滚,海里的石油哗哗,流进人们欲望的邮箱。该采的采了,不该采的也采了;能开发的开发了,不能开发的也开发了,昔日自然和谐的球体,遍体鳞伤,苦痛不堪。

于是,地球母亲发出了愤怒的高温、风暴、地震和极寒。我哭泣,我为地球母亲的伤痛哭泣。我为我和同胞们无度的欲望哭泣。

面对滚滚热浪,我内心恐惧,心焦如焚。

怀想数十年前，数百年前的地球村庄，满目都是高山花谷所见的薰衣草、向日葵、菊花与荷花，满目都是绿色的青山和悠扬的鸟鸣。

　　到如今，我只有退却，只有逃避，逃避到这远离都市的深山沟里喘息。

　　热浪进一步，我退一步，我为我的无奈哭泣，哭泣，深深地哭泣。地球母亲，我有一个梦想，何年何月，您不再如此沉重伤痛和愤怒。

　　地球母亲，我为您哭泣，哭泣，深深地哭泣。

2011年8月19日上午

大木花谷

某个时刻

  在花谷，每时每刻，山风都如虎吼雷鸣，咆哮而至，把薰衣草的气息吹进身体的每一个细胞，在高温的天气里，凉爽而芬芳。想象"汗滴禾下土"的场景，我把幸福写满心窝。

  刮风不下雨，下雨不刮风。生长多年的谚语，如一株花束，在花谷随风飘扬，我手捧一杯清茶，在楚河汉界里厮杀。

  某个时刻，我顿感如一枚过河的卒子，无法退却，只有慷慨地一步一步走向沙场，走向死亡。在楚汉大地消失。

2011年8月21日上午9：00
大木花谷森林吊床上

想象草原

在风中,想象是一匹脱缰的野马,沿着奔流的河道。马蹄踏踏,踏破一湾又一湾冰霜,把梦中的草原追逐。

草原其实是一片心灵的柔地,绿色映照着天空,软软地铺盖一片土地,造就一方湿土,哪怕在烈日和暴雨下,依然幸福地睡眠和生长。

千里万里,我的草原是一片睡梦的绿洲,生长芳草和爱情,任我耕耘,任我放牧思想的马和牛,在心灵的站台上,一次又一次驶奔远方。

2011年8月26日下午6:00

听雨斋

蟠龙洞

题记：2011年7月15日上午，当年初中同班部分同学于蟠龙洞一聚，感慨良多。

一个洞，一个喀斯特地质溶化的黑洞，在我童年记忆里生长，伴随我生命的脚步，一寸一寸膨胀，鼓动我想象的风帆。

那不是洞，那不是蟠龙，那是夏夜晒坝上飘动在爷爷蒲扇上的传说：龙舌迎兵，久旱求雨，席宴借碗，蛙鸣阵阵，凉风在夏夜的屋檐下，飕飕飘吹，把故乡那片泥土芬芳的坝子染上神秘的气流。

在灼灼的夏日里，我圆梦般地走进黑洞，走进这奇异而神秘的黑洞，带着童年的向往，带着少年的想象，带着我这走遍五湖四海的心梦，在故乡的溶洞里，把人生的过往与今朝盘数。

2011年8月28日下午4：00
听雨斋

井冈山

　　如歌的秋天，雨水把我滴成一个水淋淋的男人。于是，我端着一碗红米酒，走进一片青翠的竹林，把500里青山眺望。

　　井冈山的竹子是我童年的课本，是朱总司令挑粮的扁担，是红军永远站立的英魂。今天，他是我阅读一场血雨腥风岁月的向导。

　　井冈山的红土地，是红军用血水浇灌的壮美乐章，在84载岁月流逝中，《毛委员和我们在一起》的歌声，时时刻刻，在山林的每一个角落唱响。

　　歌声中，毛泽东那如椽的巨手点亮的星火啊，把500里井冈如杜鹃花一样千年万年映红。

　　小井医院130多位死难红军的鲜血，在那块稻田里，把我男性的心灵——一遍遍拷打。

　　我醉饮着红军先烈用生命烧烤的红米酒，一边是幸福，一边是疼痛，一边把先烈染红的党旗仰望。

2011年9月21日夜
中国井冈山干部学院 D367 房间

龙潭

——写给毛泽东和他的红军们

500里井冈啊,长满了草和根,长满了竹和树,长满了红军鲜红的脚印。

从山脚到山顶,从茨坪到黄洋界,从三湾到小井,一路枪声,一路鲜血,一路歌吟。

为了今天的牛奶和面包,您吃完了红米饭和南瓜汤,就吃树皮和草根。

小雨中,我盘旋而下,快乐地阅读了龙潭的瀑布和风景。

而您,我们英雄的红军,打完了白匪,就闭上了眼睛,死亡或者永远睡眠。

但您,我们英雄的红军,永远都是醒着的。

从仙女瀑开始的五重瀑布啊,流水淙淙。那是您,我们英雄的红军,杀敌呐喊不朽的回音。

2011 年 9 月 24 日中午
中国井冈山干部学院 D367 房间

湖梦

　　子夜临近,窗外的车流声声,一如不倦的野马,起伏奔腾,传阵阵狂躁,刺破我多梦的诗心。
　　我恍然入梦,遁入一片青山环抱的湖,撑一叶竹排,提一根长钓,在翠绿的湖心里,把醉人的静谧梦想。

2011年11月28日23:30
石桥铺·金恒宾馆888房间

应邀担任重庆市首届中小学公共安全教育优质课比赛评委期间

三月的风

告别冬雾,告别那一季裹着棉衣冷冷的夜读与跋涉,三月的风如约而至,在春光明媚的天空下,吹开男人的胸衣,吹醒女人早熟的高跟鞋踏响的节奏。

三月的风是一串银铃般的笑声,在和美的光芒里,男人春眠的鼾声,女人四季庄稼春种秋收的唠叨,少年挂在蓝天飘飞的风筝,都在三月风的笑声里如歌如诗般演绎。

三月的风是永远温润的爱,洒向田垄里,地头上的花瓣雨,在树丫上舞蹈般传递着春的讯息,细雨的屋檐下呢喃的小燕子,一年一度翻演,在三月风温润的爱情里活泼地生长。

2011 年 11 月 29 日上午
重庆高新区第一实验小学礼堂,优质课比赛期间

青山绿水

在遥远的梦中,我紧握一根丝线,把一片一片绿色缠绕。春光山色中,红与绿编织的青春在一望无际的山林里开放出灿烂的花朵。

山与水融合的意境,在我心灵的平台上,演唱一幕幕爱情的歌谣。百灵鸟在歌声中声声传情,把南方都市的夜晚点缀为五彩缤纷的图画。

2011年12月2日
听雨斋

苦秋

　　撑一把蓝布伞,光一双小脚丫,故乡的石板路上,绵绵的秋雨淋湿的天空,我多次滑倒的青春连同书包里的那几本残破的课本,在雨水里闪亮一行苦涩的回味。

　　淋浴过数十载秋风秋雨,此刻,我终于顿悟,男人的心原来是这般柔软,总是忘不了那些旧有的生命印迹,那些刀风剑雨一般的声响,那些没有营养的苦咖啡一样的味道。

　　啊,苦秋苦藏在心里,日子一长,就生长出营养一生的养料。

2011年12月28日下午5:30

听雨斋

雪夜走笔

　　冷风刺透的湖水，在雪飘的夜空下反射朵朵花瓣雨一样的光芒。
　　我手捧一颗诗心，仰望夜空，俯瞰大地。雪花落在我头顶的声音，敲响了沉睡一个冬季的歌谣。
　　歌声回荡在白雪的湖面，照亮雪水中快行的脚步和逡巡来春麦苗拔节的笑容。

2012年1月5日上午
西南大学八教8201教室

一个人的村庄

　　酒醉后,一个人。寒夜里,在麦地上寻找走进村庄的小路。小路蜿蜒,弯了路途,歪了脚步。

　　小河边,我遗失的白酒瓶,在凛凛寒风中,唱着一首歌,一首写满快乐老家的歌。

　　歌声,悠扬婉转,涂满一片竹林的乡愁。母亲的白发,在村庄口,顾盼我回家的音容。

2012年1月13日下午5:30
石家庄·唐宁汇315室

一阵风

  一阵风,捂了一个冬季,在一个燕子呢喃的清晨,从窗口飞出来,绽放在村口的椿树枝上,椿芽的香气香透了寒风的速度。
  一阵风,在凛凛的寒气里吹过,空气暖了,冰雪化了,吹进人的口中,如饮春茶,冷暖和煦。于是,风就成了一首调和心律的诗。

> 2012年1月16日下午6:30
> 石家庄·机场候机室

春汛

睡梦中,淅沥的雨水打湿了屋檐下的那块青苔,青苔上的绿茸,在夜雨中,眨着晶亮的梦。

往日冷冰冰的床榻,今夜,在身体下泛起遗忘了一个冬季的热气,汗粒在被窝里骚动,吹醒一载跋涉的欲望。

一声春雷响,大地的每一片土地都苏醒了。窗台前的小树,昨夜里长出的新芽,像一面招展的旗帜,引领我风雨中四季如歌的脚步。

2012年2月6日(元宵节)下午3:00

南开中学礼堂,家长会待会时

怀念渡船

  夕阳西下,春水边的沙滩,那一行深深浅浅的足印,长长短短,奏响行人晚归的笛音。

  桥——如一道彩虹,在赶渡人的心里燃烧,照亮汩汩流淌的河水和远行人归家的速度。

  来回摆渡的古船,送往迎来,运载过,《诗经》的秋霜,屈子的《离骚》,杜十娘的百宝箱,还有从康桥捎回的水草……

  梦回沙滩,古船犹在,隐隐约约,渡山渡水,渡一船向往彼岸不灭的梦呓。

2012年3月7日下午
西南大学东方红会议厅,工会会议期间

春水

　　春水绿波，淋浴在春水边，怀念那少年的梦想，春水的脚步，那一路风雨兼程中如诗如歌的遭际。

　　或如一页读不完的课本，老师慈祥的笑容，定格在教室外那棵四季常绿的榕树上，栉风沐雨，湿润一世行走的情绪。

　　或如教室外操场上那嬉笑怒骂的游戏，生命在碰撞中发育生长，友爱在阳光下春鸟的声声啼鸣中滋生。

　　或如一道永远解不出答案的试题，过往的岁月中，总有那么多困惑和猜不出谜底的情结，生生死死，来来往往，如山城的春雾，罩住人的眼，一生迷茫。

　　伫立在春水边，我读春水，春水读我，我忘了春水，也忘了自己。

2012年3月2日下午5：20
西南大学音乐厅，第二届三次教代会期间

双桂堂

  金桂，银桂，两棵桂树，生生死死，谱写着一座禅庙的传奇。

  破山，那个在流浪和寻找中走出盆地的少年，朝朝暮暮，遍游江南的灵山和秀水，遍读"南朝四百八十寺"的经典和教义，修养得一副凡身素心。

  赤条条来，赤条条去。留下数卷诗文书画，留下一座名扬巴蜀的庙堂，在两棵桂树的陪伴下，福祉一方生民。

  桂花的香气，香火的清烟，在蔚蓝的天空中飘飞，传播着祈祷和祝福的讯息。

  庙也，佛也？人也，僧也？善也，报也。我在大雄宝殿点燃一炷高香，照亮走向明天的心路。

2012年3月20日下午3：00
红楼宾馆·重庆市社科联会议期间，双桂堂归来

油菜花的心事

　　生为菜花，沐浴在春晖里，绽放一朵一朵的春情。金灿灿的色谱，在游人的胸前，闪射着满地金黄色的梦与花。

　　生为菜花，静躺在春水边，小船悠悠，流水平静如镜，映照着游人的脚步，映照着菜花热烈奔放的心。

　　生为菜花，仰望蓝蓝的天空，仰读耸立山巅陈抟老祖的双眼。道可道乎？心如琼水乎？

　　生为菜花，品读红男绿女徜徉在黄绿组合的太极阴阳图画里，名道乎？名儒乎？陈抟无言，菜花无语。

2012 年 3 月 27 日
潼南赏花归来第 4 日上午

雨中的树

在雨中,我的心,是一棵婆娑的树。绿树上的小鸟,托着我的梦,等待飞翔。

好清好润的风啊,吹动那片我心爱的叶,在春空下舞动我诗意的情绪,照亮我的青春。

雨中的树,是站在我视域中的爱人。我想,我的一生,应该为她而生,为她而死。

树的生命,便是此刻我站在雨中的背影。

2012年4月11日晚8:00

宁夏走笔之沙湖

　　沙中的湖，水光潋滟，芦苇丛丛，把塞上江南这一片湿地，点缀为一颗耀眼的明珠。我徜徉其间，随舟漫游，想象一种神奇的造化，一种超然的美丽。

　　水尽处，骆驼的方阵，在沙山上壮美蛇行，在蓝天下，谱写一道黄澄澄的光芒。

　　沙雕是沙山的亮点，那是人力的投影，那是心力的造型。

　　站立在沙与湖交界处，我茫然四顾，读不懂自然的奥义。

2012年5月6日早上7：30
银川·荣源宾馆门外一街道

宁夏走笔之水洞沟

  题记：水洞沟是20世纪法国人发现的宁夏远古文明，昨日一游，并观看大型穹幕视听还原动感影像，有所感。

  梦回史前，时空穿越，我携一颗诗心，把想象的羽翼在一片黄土与湿地间放飞。
  水洞沟人劳作的汗水，旧石器打造的佩饰文明，原始婚嫁的古朴场景，篝火晚会的纵情欢娱，山崩地裂、暴雨狂风的灭顶灾难，如眼前的视听演绎，把我想象的美梦打碎。
  数百年、数千年、数万年，点点滴滴，层层叠叠，一步一摇，迁徙、逃离、生存、创造——
  水洞沟人就是这样走近我们，走进当代人生命的反思与心灵顿悟的空间。

2012年5月7日早上7：00
荣源酒店大厅

宁夏走笔之苦节堂

题记：苦节堂乃当年苏武牧羊所宿悬壁山洞，苏武宿于其间一十九载，昨日游观，感慨系之。

一十九载春夏秋冬，泪洗峰壑。山有志，壑有情。一腔眷恋，一颗赤心。铁骨铮铮，终托得鸿雁传书，把朝天的梦想，化为大汉的召唤，彪炳人间口与心的牌坊。

半崖一洞，竟为一室，贵为一堂。避风避雨，炼心炼志。一避匈奴兵燹，二避猛虎豺狼。朝朝牧羊，使节永在。一颗孤独的心，在西北的边陲，照亮天上的冷月。融古通今，燃烧我雄性的大汉梦想。

2012 年 5 月 8 日早上 8∶30
君悦酒店出发前·车上

宁夏走笔之沙漠遐想

　　带着初夏的热气，我徒步走进腾格里沙漠，走进童年的课本和诗人的华章。

　　黄色的沙，就是黄色的海吗？风起处，沙浪滚滚，如密密细雨，打击人的脸，打湿人的心。

　　沙海茫茫，深深浅浅的足印，在蓝天下面，找不到归途。通往家园的方向，在风与沙起舞的光影里迷失。

　　人与沙，在天与地之间博弈。远远的，长在低湿处的树，便是梦开花的地方。

2012年5月9日早上8：30
荣源酒店出发前·车上

写在雨季的歌

题记:5月19日,传媒学院举行一年一度学士学位论文答辩,午间师生合影留念。是日晚,学院于公园六哥火锅店宴送全体毕业同学。酒酣兴浓处,院长董小玉教授令余即席赋诗,聊为2012届毕业同学送行。余遵命而为,书此短章,由张暾、谌武、胡巍可、张健等播主专业同学现场朗诵,现辑录于兹,当再次给2012届全体毕业同学壮行。

在秋季,我迎接你。在那庄重的校门口,在那温暖的教室里,在那活力无限的传媒广场上。

我阅读你,少男少女的满脸稚气;我阅读你,带着八方乡音渴望的双眼;我阅读你,初涉知识海洋激情澎湃的心跳。我的纯洁美丽的学生,我的年轻睿智的朋友。

在雨季,我送走你,在荷花飘香的西大校园,在思想与智慧交锋的答辩席上,在毕业合影照的瞬间定格里。

我的长大了的少男少女朋友,我的将要展翅高飞的传媒学子,我以不舍的情怀,我以含泪的挥手,送别你!我以父亲一样的爱与期待,祝福你——我的传媒学子们,一路高歌,把生命的旌旗一天又一天擦亮!

草街夜语

题记：6月29日夜，吾与妻应新科教授陶林、田阡之邀，与法学院汪力、李旭东教授夫妇，政治与公共管理学院孙道进教授和他的儒商朋友刘女士于合川草街嘉陵江边小酌。草街乃当年陶行知先生践行乡村教育之地也。席间江风拂面，灯光微微。小酒数巡，提笔为此小诗以表祝贺，或为纪念。

哗啦啦的嘉陵水，在我浅酌低吟的杯盏里，翻唱一首又一首温婉的歌谣。

高山流水，以怀旧的情绪，把巴山的雾与雨伴奏。战火横飞的岁月，东倭的铁蹄踏踏，击碎此刻草街平和的夜语。

草街的酒旗，在炮声中醒悟。那一方杏坛，在山与水的乡村，敲响一道又一道上课的铃声。

夜空下，水与光编织的乐章，如诗如梦，鞭挞着一群勤耕书斋、不辱光阴的文人。

雨中的理坑

题记：2012年8月9日，余应著名剧作家高力教授相邀，前往江西婺源之沱川乡理坑探其新作——《一脉相承》拍摄景地。并商晤有关励志片策划事宜。过经南昌期间，爱生滕海瑞驾车迎送，其间夜行8小时余，备尝劳顿。13日返经南昌，又蒙其夫妻二人接待。情义无价，倍感福幸。

恍然梦中，我长亭、短亭、奔驰、飞翔，沐浴子夜的骤雨，走进理坑，走进大中国最美丽的乡村。

在山水与村廓融构的画廊里，我敞开心扉，贪婪地吮吸飘飞在雨丝里的江南文明氤氲。白墙黛瓦在夕阳下错落有致地静立，杨柳青竹在涨水的溪流边交相歌吟。

群山环抱的坎坝上，南瓜—丝瓜—冬瓜—稻花—虫吟蛙鸣，伴奏着沱川河的水声，在雨中的青石板上，通透一道又一道不盈三尺的米巷，叫醒大夫第、状元府、小姐楼那一页页辉煌的往事。

家酿的女儿红、竹筒酒，在古朴典雅的民居里，香透曲折宁静的街巷，越过廊桥，沿着那野碧风清的青石驿道,沉醉了一群又一群踏梦而来的外乡人。

2012年8月14日上午
南昌·赣江滨·君红林大酒店

读小空山

  细雨中,姑娘动情地说:小空山是20多万年前的火山喷发口。
  在我眼前,小空山分明是绿色植被做成的温床,平静而安详。
  地母与山神一次猛烈的交欢,就诞生了一道奇观。
  我随匆匆的人流,绕水一周,在惊叹中沉默……

2012年10月5日上午11:00
腾冲·艺缘典藏·木雕家具店,与虞吉兄对坐时

湿地抒情

　　一片湿地,一片高原上的湿地,神奇而美丽。四面青山之间,就是这万余亩白鹭栖息、野鸭戏水的湿地。

　　逃离都市的喧嚣,来到这大地的私处,享受草绿水碧间木舟荡桨的柔情蜜意,释放一串又一串烦恼与紧张,书写生命活力的华章。

　　漫步湿地草排,让久违的童心开出一朵朵红色的花儿。葫芦丝姑娘清纯的乐音,如诗如梦,把宁静的湿地和雄心伴奏得更加静谧。

2012年10月5日下午3:00

腾冲·北海湿地·车上

腾冲，腾冲

  我从东海走来，我从钓鱼岛的水边走来，我从远征军10余万将士行军的小路走来。腾冲——世界反法西斯阵线的一座极边小县，我想象了多年的山与水啊！腾冲——一片国不可破的河山！

  怀想当年，东倭侵土，中、美、英、印、缅凝成一股正义的血山肉水，把锄头举起，把镰刀举起，把机枪端起，把刺刀拿起，一寸山河一寸心，热血擦亮了这方红土的天空。

  岁月沧桑啊，时移世易。我溯游人类文明的史河，我翻捡泱泱大中华的书卷，菊花簇拥的国殇墓园，在苍松翠柏的林间，在强与弱、是与非的天平上，我诅咒一切野心、掠夺、侵略！我诅咒一切暴力、血腥与战争！

2012年10月6日下午
乘观光车去温泉浴时

听叠水河瀑布

　　凝聚着边陲云气的河，如一条玉带，静静地穿过极边县城的心脉，给这座极边之城输入清新的氧气与活力。

　　在仙乐道观的身边，我停下忙碌的脚步，倾听瀑布溅放的乐音。顺着道人的指点，我点燃一炷心香，供奉一颗循道的素心。

　　置身道观，水亦道也，水亦乐也。我静听节奏轰烈的瀑水之音，在动与静的水花中品味生命的玄意。

2012年10月7日下午4：30

腾冲·翡翠交易市场·车上

风中的记忆

在风中,我是一个快乐的鸟人。那些在故乡的小路上种植多年的梦想,顷刻间,在疾驶的道路上,以超越光着脚丫奔跑的速度。收割路边一排排金色的稻谷和灿烂的阳光,收割一张张熟黄的笑脸。

在风中,我是一个幸福的男人,那些年少时在乡间的石子公路上渴望多年的感觉。顷刻间,在宽敞平滑的道路上以满载爱情的浪漫与梦寐,醉饮分分秒秒的速度和红高粱摇曳的风景。

在风中,我是一个雄性的男人,那些在母亲的叮咛声中,储存了一生一世的记忆。顷刻间,在成长了数千年的古老道路上,以向往明天的梦与追求,一格一格涂画蓝蓝的天和宽厚的地。

2012 年 10 月 28 日下午到蔡家社区归来,
10 月 29 日晚龙记火锅聚餐时

冬天的孔雀谷

在冷冷的冬天,徜徉在孔雀谷的林影鸟声里,总有一种渴望,在渊深的心海里燃烧。

渴望春姑娘的脚步踏浪而来,在这山与湖的静谧里,鲜花开满每一个枝头,芬芳迷人。

渴望那气韵生动的孔雀,在林间的平台上,云中漫步,以开屏的襟怀,释放天地之间的诗情与画语。

渴望一种飞翔,抖动青春的翅膀,在蓝天的云间涂写生命彩虹一样的梦。

2012年12月8日上午
北碚孔雀谷度假村

龙凤溪

　　龙凤交配,产出一股溪水,从西天而来,流经月亮湾的田垄边,在冬日的夜晚,在孤独垂钓者的双眼里化为一道光芒,照亮僵冷的夜空。

　　那些行道树织成的婆娑树影,如呵护生命的温柔使者,护卫着龙凤溪安详而激越的流淌,护卫着月夜里田园诗一般的梦境。

　　月光下,我读龙凤溪,读着一种粗犷自然原生的美丽,读着一种伴随着车水马龙流动幻影的美丽。迷蒙之间,我恍若水中一名匆匆的过客,一个在寒冷的季节里梦想点燃溪水的男人。

2012 年 12 月 18 日上午
重庆市电影制作"一备双审"培训工作会议期间

腊月乡村

风寒料峭中,是什么?点燃了乡村的腊月。

一大块一大块乌黑的腊肉,挂在农家的屋梁上,像一排待飞的鸽子,在庄严的仪式中守望村庄的炊烟,守望春水耕耘的声响。

储存了一个冬季的老酒,在酒瓶中睁着泪花花的双眼,把自己的前世和今生回味,就如同歇脚的汉子拼死一醉。

绿油油的春小麦,白花花的胡豆叶,在腊月风吹动的田野里,跳着欢乐的舞蹈,迎送一拨又一拨在醉步中哼着小曲的汉子。

2012年1月27日中午12:20
石家庄信息工程职业技术学院·酒店管理学院505房

春游橘子洲

　　潇潇湘江水，在春雨中风情万种，向北而去。

　　一片沙洲，似一叶扁舟，笑傲苍茫大地，当水而立。

　　我漫步沙洲，沐浴如丝的春雨，把桃花看了，把映山红看了，在橘子树下留一个美丽的梦想。

　　千年望江亭，在风声雨声中静立，吟诵一代伟人畅游江水的身姿。

　　雨雾中，橘子洲是江水中一个刚柔相济的男人，托起布满历史尘埃的天空，把明天的太阳守望。

2013年2月17日下午3：30
湖南师大·玉善楼115房间

月夜

  春江水暖,我踏着一路月光,行道迟迟。蹒跚走过密林树丛,树中那条羊肠小道,在生命的波峰中抵达一片潮湿的港湾。
  伫立在风和水润的口岸,放眼遥远的水域,回首那一路跋涉的时光,我心狂放。
  静月无声,我心向大海,梦想成为一名强壮的水手,撑一支长篙,在波滚浪涌的海面踏浪而歌。奏唱月光下一曲壮美的乐章。

2013年3月30日上午11:30

听雨斋

钓鱼城怀古

踏着一路春光,披着西天的余晖,我把一段兴亡的往事凭吊。

江水悠悠,芳草萋萋,刀光剑影犹在水中叹息。

攻与守,志与心,谋与胆,忠与奸,都在那36年的岁月里翻滚。

躬身之间,十尺之躯怎敌他炮火硝烟摧残。一缕魂魄,终化作烟云消散。是耶?非耶?我一梦难醒。

2013年3月31日
陪老同学吴彬钓鱼城归来

怀念老屋

在烟雨蒙蒙的春夜,老屋托着我童年的梦在蓝蓝的天空飞翔。

时过境迁,日日奔走在高楼林立的繁华都市里,总有一种心结在故乡的屋瓦上闪放光芒。

怀念老屋阶沿口的燕子,每年春天,她总是第一个把春天的讯息捎来,叽叽喳喳,给我春荒的童年涂上一串和美的音符。

怀念老屋里外婆絮絮不停讲过的故事,故事里那些素朴的道理,伴随外婆颤巍巍的小脚,温暖着我向往明天的梦寐。

怀念老屋里父亲用过的农具、锄头、镰刀、拌桶、风车、粗糙而又精美,父亲的手茧,还在那些农具上开放花朵。

老屋早已消逝,但我走过千里万里,总也走不出老屋的门槛。

2013 年 4 月 9 日下午
北碚—杨家坪赴应用写作学会会议途中

绿夏

题记：上午应邀与大学同班同学陈华禄、伍广平、程庆峡共品新开发的茅台小酒于谢家湾之红焱宴酒楼。晚上吾与妻和年级同学彭熙相聚于渝风堂九滨路，观滚滚长江。这首诗作于北碚—沙坪坝—杨家坪公交车—轻轨上。

  顶着火辣辣的太阳，行进在绿油油的视界，宛若梦中。
  回忆是一条河，水流潺潺，滴落在若影若现的梦里。
  汗水淋湿的土地和青春，在血脉里发着酵，照亮绿树中弯弯曲曲的路。
  绿梦中，道路是没有终点的延长线，引领我一生的脚步。

2013 年 7 月 25 日

夜宿白云竹海

　　题记：7月26日夜，住家桃花山片区停水，吾与妻驱车至缙云山白云竹海之缙农山庄一宿。吾住2楼之201房间，中夜至晨，虫鸣鸟唱，心有所动，因有所感。

　　翠绿的竹和叶啊，托起一片天。在夜晚，仿佛把天空也染绿了。绿天竹海间，我梦想成为一只飞舞的夜莺，永永远远歌唱。

　　在这如诗的夜晚，蝉是我最好的兄弟和朋友。它以不停的鸣唱、鲜活的节奏和韵律，把竹海的夏夜伴奏得宁静又自然。

　　竹风微吹，透过那一缕夜光，置身在"海"的深处，我依稀看见，竹尽处，所有的土地，在歌声中鲜花盛开，四季如春。

2013年7月27日
缙云山白云竹海

江南的最后一次爱情
——与曹峻冰教授同题

江南的雨水，在风中飘过，在酒中飘过，在小学的课本中飘过，打湿我年少时光的无数次夜梦。

那是宋词的一滴湖水，那是唐诗的一夜情殇。那是我在梦中从江南走过的那一株在雨中滴答的芭蕉。

今夜，我骑一匹醉马，从多情的江南走过，从梦幻的横店走过，把江南的最后一次爱情尽情地吟诵。

2013年8月25日夜
横店

后记：参加完2013年中国高教影视教育学会年会，应邀到横店考察。吾随虞吉、夏光富、魏波、张莹、曹小晶、徐巍、李简瑗、高力、刘广宇、刘玉晓、曹峻冰等教授在当地广场饮夜啤酒，席间，有某君提出吾与峻冰教授同题赋诗，现场自诵，现场点评。其间趣闻甚多，不赘述。只是当我诵完第一句"江南的雨水"时，虞吉教授点评曰：不妥，今夜并无雨水。言未毕，暴雨大作。众皆惊呼，移位避雨，顷刻雨停。

写给中秋

　　中秋的夜，是一轮明月谱写的诗歌。不知何时，那一轮圆圆的月，涂满了人世间离合悲欢的忧伤。

　　高高的桂树下，我举一双瘦眼，打量人间聚散的杯盏，品味那杯中的叹息，谈笑的心欢。

　　月光下，一曲悠扬的歌声，从李白的歌中飘来，从苏轼的词中飘来，把满门的青春激荡，把酒与诗浇灌的智慧点燃。

　　光影中，我尽情地阅读弟子们青春与智慧拔节的声响。

2013年9月19日（中秋节）
北碚·云泉路·山里人火锅
与十余位硕士生弟子们共聚时

乡村生活

　　在腊月年味浓郁的矮云下,我一步步走回乡村,走近母亲的唠叨和那一碗腌了数十年的咸菜。

　　我的乡村是一个永远做不完的梦。春天的稻秧在我少年的鼻眼下一寸又一寸,一株又一株生长,给茫茫的水田披上一件绿衣,孕育庄稼人冬去春来生命的希望。还有那不眠的蛙鸣,在风中呐喊的麦苗,一齐伴奏我的童年。到如今,那风景还在我拥挤的书房里招摇。

　　我的乡村是一首永远也写不完的诗。哗啦啦的流水声,一会儿从外婆的小脚下流过,一会儿从父亲额头溅起亮晶晶的汗珠。它们在黄昏从我的梦寐逝去。留下一股冷风,吹着我倔强的诗心和不倦跋涉的脚步。还有那旋转的陀螺,飞舞的绳鞭,割猪草的背篓,链接起贫困年代童年的酸涩和纯洁的欢乐,如诗如画般在我的血流里演映。

　　透过繁华喧嚣的夜市和街道,品完山珍海味佳肴,我端着母亲腌制的咸菜,在母亲的白发里,打捞乡村生活的诗歌与梦想。

2014年2月23日下午4:00
西南大学新闻传媒学院3楼会议室

春天的御临河

题记：3月8日下午，学院工会组织前往渝北民国一条街影视基地和龙兴古镇学习考察，其间浏览古镇旁边的御临河，因有所感，即兴赋诗一首，并以此献给学院女教职工，祝福节日快乐。

在油菜花铺满大地的阳光下，我掏出在寒冷的冬天窖藏了一个冬季的诗心，一头扎进清澈的水里，在水中呼吸你温润的脉跳。

我永远是一个放飞风筝的孩子。排花山起起伏伏，如一名仰面苍天的玉女，她每一次心跳，都花开一般溅响御临河的水声，悦耳动听。

平凡的御临河，在这浅丘的竹林边，静流过千年万年，素面朝天。凭借婀娜颤动的身韵，照亮两岸的土地和竹林，照亮我永不睡眠的童心。

御临河，清澈的御临河，素淡美丽的河。伫立在你的水边，读你诗一般地流淌，如等待一朵含苞的花开，心醉一个季节。

听 歌

　　仰望茫茫夜空,我骑一匹白马,踽踽独行。

　　灯火阑珊,溪水慢流,婆娑的小榕树,丰满了夜的眼,摇曳我行走的风景。

　　我骑马背上,读闪烁的夜,聆听一首又一首从童年的记忆里飘来的歌谣。

　　歌声中的爱情,穿越时空,在夜幕中一段又一段播放,敲打我的心灵,也伴奏了马的脚步。

　　骑马听歌,缠绵的歌声飘荡,我行走的身影血红血白。

2014年3月14日下午
西南大学·东方红会议厅

荷塘月色

　　在春夜的月光下，我骑马走过雨后的荷塘。月色撩人，我好想大声唱一首歌，唱一首思念的歌，把埋藏了一个冬季的爱情歌唱。

　　荷叶朵朵在春水上飘摇。我的马蹄踏踏，踩破宁静的夜和田田的塘。水花沾湿马蹄，湿润我雄壮的心。

　　我想在荷塘建一幢红色的房子，收藏今夜的月色，收藏我高唱的歌声，收藏父亲一生不倦跋涉的脚印。

2014年3月15日5：30
听雨斋

游偏岩古镇

　　带着一个梦，走进深山，走进溪水之源的梦，来到古镇，来到这溪水穿越心脏流过的古镇。

　　躺坐在河畔上，品一杯红茶，聆听水声潺潺，聆听游人的笑语。西下的余晖铺照身上，点燃我走向溪水之源的脚步。

　　生长了千余年的古镇，容颜斑驳，那戏台空空的静处。仿若还在翻唱一出又一出古典的戏剧，把人生的前世今生阅览。

　　古镇不是梦，它在我的眼前流连，人生也不全是戏，柴米油盐，诗文书画，爱恨情仇，就像这流淌的水，就像东升西降的阳光，它总是实实在在地击打你，愉悦你，令你痛苦，令你陶醉。

　　静坐在这河边的木楼上，坎坎的歌声从对岸悦耳地传来。我犹豫又彷徨，陶醉又苦闷，阴晴圆缺，春夏秋冬，死死生生，分分合合，溪水之源能否给我一个响亮的答案？

　　我端坐无语，想做一名打坐的高僧。

2014 年 3 月 16 日下午
偏岩古镇

春游龙兴古镇

　　题记：3月21日，余随重庆人文科技学院影视学院工会成员到龙兴古镇考察学习，时有所感。昨夜得闲，诗以记之。

　　春风春雨中，我像一名饥饿的孩子，赤条条走进古镇，走进这荷塘一样水波荡漾的古镇。
　　我走进古井，掬一捧泉水，浇灌干渴的心灵和浮躁的诗歌，浇灌被水泥森林和鸽子笼囚禁的灵魂。
　　我走进"仁里·第一楼"，在古色古香的文化长河里游荡，沐浴雕龙画凤，瞻仰龙飞凤舞，把华夏文明的雨露吮吸。
　　漫步古镇，脚踏一叶小舟，在芦苇摇荡、荷花飘香的湖水里徜徉，醉饮古镇文明的遗韵——
　　我忘记了回家的道路。

2014年3月31日夜
听雨斋

雨中的白鹤梁

　　在雨中,我撑一把黑色的雨伞,以探视的目光,打量白鹤梁——一座情深意浓的水文化馆藏。

　　潮涨潮落,春去春回,水高水低,岁月流觞。爷爷把耕种的汗水,宿命般地刻在白鹤一样的石梁上,留下一道诗意的光芒。

　　上善若水,水养万物。刻在石鱼上的碑林,是我走过爷爷心智的甬道,窄狭而通亮。

　　时光流逝,我光着被雨淋湿的身心,进入一条长长的荫道,在水中读你,读水中的你。闭着眼,任尔雨我。

2014 年 4 月 15 日上午
听雨斋

心未眠

春夜的眼

　　游走在春夜的江水边,我骑一匹白马,畅游山水编织的梦境。在梦中,我尽情阅读树的生长,花的绽放,水的奔流。

　　梦想是一条河,从爷爷的鼾声中流传而来,照亮我骑马奔驰的路程,照亮我的心在春夜的山水中飞扬。

　　我在梦中寻找,寻找春夜的眼睛。渴望用它召唤一段青春,刻铸一块心灵的碑石,放牧我的诗歌,放牧我绝不枯萎的青春。

2014 年 4 月 27 日下午 5 : 30
西南大学新闻传媒学院 2 楼会议室广电系
教研活动期间

梦中的春天

在梦中,我的春天是一片青山。林木葱郁,根深叶茂,鸟语花开。我是一个狩猎山林的男人,时刻守护青山深处的爱情。

在梦中,我的春天是一片水茫茫的禾田。那一遍遍翻耙过的田泥,肥沃酥软,绿油油的秧苗恣意生长。我用额头的汗水,点亮每一株禾苗的青春。

在梦中,我的春天是生长在家门口的迎春花朵。艳丽的花朵在晨光初露的瞬间,传递给我爱的讯息。我静躺在花蕊里,构思一幅耕耘的图画。

2014 年 4 月 30 日中午 2:30
重庆人文科技学院·艺术学院

阳光下的心语

在春日的阳光下,我是一个晚醒的男人。阳光照亮昨夜的鼾声,沾湿枕边的露珠。露珠滴落的声响,敲打我多情的心窗,奏响一轮明月高挂如钟。

钟摆的刻度,如我在春风里丈量过的脚步。我把多情的心瓣一片片切开,播撒我蹒跚在小径上的脚印里,期冀它在雨后的秋天,结出一串笑盈盈的果实。

在苍白的阳光下,我掬出一颗凡心,一遍遍,翻晒又端详。梦想,梦想在血淋淋的心瓣上,点燃一盏不眠的灯火,照亮我在寒夜里踽踽独行的雨路。

2014年4月30日下午4:30
学院建院8周年总结庆典会议之际
西南大学新闻传媒学院3楼会议室

春夜，在乡村游走

　　在春夜的乡村，我的梦一年一度生长，火烧不息，风吹不倒。

　　游走在春夜的小路上，我是一位匆匆的过客。麦苗不眠，野猫在树林中发情。月光照过头顶，送我影子一样的兄弟，伴我酒后踉跄的脚步。

　　游走在春夜的荷塘边，我光着脚板，牵着妹妹的手，口里背诵伟人的语录，心中做着在天安门、在金水桥上散步的梦。

　　游走在春夜的小河边，我光着脚丫，打捞外婆带我放养在水中的小蝌蚪。蛙鸣阵阵，鱼游浅水，童年的蝌蚪早已忘记了回家的小路。

　　月光如水，泼洒在故乡的竹林上，飒飒有声，伴奏我酒后的鼾声，伴奏我轻声的梦呓——苦涩又甜蜜。

2014 年 5 月 10 日下午 5：30
听雨斋

山中的酒

　　与夏俊、虞吉、黄琳、李海峰、范曦等一聚,饮间,因有所感,诗以记之。

　　在山中,我痛饮一杯水一样的酒,饮下一轮弯弯的月亮下豪情满怀的酒,阅读疯长的麦苗,泪光闪闪。
　　山风呼啦啦地吹过我带酒的胸膛,吹醒我的爱情在心中如嘉陵江水一样汹涌澎湃地燃烧。
　　酒令如拳,在兄弟们的手指间高歌,高歌男人如梦的鼾声,高歌我红尘中孑孑独行走进兄弟酒杯的手语。

2014年5月13日夜9:00
西山坪火锅店

凤凰山下

　　漫步在凤凰山下，仰望如水的月光。我携一颗赤子心，阅读水中的鱼游，阅读一方夜色如画。

　　光影斑驳的山水画，是我青春涂抹梦想的大写意。闪烁的灯光照亮琅琅书声，唱响凤凰山下一片僻静的夜晚。

　　如诗如歌的夜月，伴奏虫吟蛙鸣，伴奏摇曳的竹风树影，伴奏一群追梦的灵魂在山林摸索的脚步。

2014年5月14日晚8：30
重庆人文科技学院·艺术学院

林中恋歌

　　落日黄昏,虫鸣声声。林木远处,虫鸣阵阵。我独处一片松林,放飞夏日生命的情思。
　　一寸山林一寸情,一阵风声一阵歌。山风轻轻地吹,吹醒我思想的火花,燃烧往日激情如梦。
　　年少时代漫步过的山林,照亮绿色的风帆,在林海里荡开一条清澈的河流,载着我在水中梦游。

2014 年 7 月 21 日傍晚
听雨斋

风雨相送
——写给第三届硕士毕业生

　　三载时光,走过风,走过雨,走过秋冬春夏,走到这多雨的榕树下,我不忍挥手,送别一群渴望展翅翱翔的鸿雁。

　　惊回首,那些课堂中头脑风暴的碰撞,那些击键电脑前,如飞的思想火花绽放,那些节日诗意的短信,还有那些……都一遍遍在我心底的显示屏上回放,定格一段美好情意的童话。

　　看着脚下这片坚实的土地,仰望头上这片蓝蓝的天空。我把师生的缘分置放在风雨同舟的山路上,你们走,我也走,不离不弃,以不懈的攀缘书写一段诗意人生的影像。

　　总有一天,就像眼前这段镜头,你们会飞向远方,飞到那片属于你们书写青春梦想的天空。

　　我会永远是阅读你们飞翔姿势的诗人,以父亲一般的目光打量你们在人生舞台上走秀,不醉不眠。

2014年6月22日上午8:00

听雨斋

舞韵

　　透过朦胧的夜色，聆听一段傍晚的天音，城市在太阳下落后开始狂热地舞蹈。
　　我隔着一扇玻窗，犹若隔着一条江河，远望欢跳的人群在熹微的天光和湖边的灯光交融下，剪影一般的造型。
　　那是远古的虎啸猿鸣声中，先民狩猎后在篝火旁狂欢。激情在生命力的本能里绽放。
　　我倾听城市的舞韵，感受生命进化的足音。

2014 年 7 月 26 日上午
听雨斋

静读崇德湖

　　伴着阵阵蝉声,我独坐湖堤,阅读湖水的倒影和轻柔的涟漪。

　　垂柳如少女的长发,温柔地垂吊在水边。少女吟诵诗歌的心声,奏响雨后秋天的情韵。

　　我掬起一捧湖水,照亮不眠的诗心,洗涤全身车水马龙中跋涉的灰尘,编织秋水黄昏里迎接下一个黎明的梦境。

2017年7月27日下午
西南大学崇德湖边

走向一棵树

　　在梦里,我心仪一棵蓬蓬勃勃的小榕树,四季常绿,花开朵朵。

　　无论风雨和烈日,都把梦想注入根须里。绿叶片片,绽放一张笑脸。

　　在梦中,我远远近近阅读它,走近它,一半是欢乐,一半是忧伤。

2014年7月28日中午

听雨斋

雨夜，烧烤摊的酒

　　题记：博士同学石洛祥兄自西安陕西师大来，我听完华东师大殷国明教授的讲座，见面已是深夜。邀其在文星湾桥头烧烤摊喝点儿歪嘴酒。雨水下个不停，畅叙甚欢，诗以记之。

　　雨水落在兄弟头顶的雨棚上，清脆的声响溅开我酒杯中的诗情文字，如一串串烤熟的辣椒。
　　好久不见你的笑容，兄弟，喝一口男人的酒，叙一遍别来无恙的岁月和雨水裹满的日子。
　　红绿灯下车来车往伴奏的酒歌，雨滴声声的烧烤摊，情谊如嘉陵江水一样流向我们梦想的黎明。

2014 年 10 月 16 日深夜即兴

远与近

　　闭着眼,我阅读遥远的一方空间,鸟语花开,芳香扑鼻。白色的骏马在辽阔的草原上光一般地奔跑,谱写一首如诗如梦的歌。

　　马蹄声声,踏破黑色的夜空,由远而近,奔我而来。由近而远,离我而去。我独坐夜空,心静如水。

2014年10月28日中午
重庆人文科技学院·艺术学院

宜宾的酒

题记：2014年11月22日，余偕虞吉教授应宜宾学院文学与新闻传媒学院之邀，前往该院作学术讲座。上午9时出发，冬日雨后的江津—泸州—宜宾一线，山青水绿土肥，煞是养眼养心。

下午讲座结束，于岷江边上一舟船内用餐。席间，余踱步于餐舟，瞭望夜江，感慨良多。餐毕，步行至二坎子再酒。背山面江而坐，联想余自1994年冬出差至宜宾20余载结交的诸多友人。宜宾人厚道热情、朴实真诚，正应"宜宾"一词，常得归家之感。即兴赋诗一首，朗诵毕，再由弟子彭茂轩配曲歌唱，煞是欢快。在场诸君：虞吉教授、彭贵川教授、周志凌教授、张奕主任，弟子罗立、陈玥等，无不拍手叫绝。11月23日到家中补记。

无数次、无数次醉饮宜宾的酒，无数次、无数次沉醉于岷江的水。想在岷江水融入另一条水的瞬间醒来，仰望一条鱼的飞翔。

我把我的爱情洒向那条飞翔的鱼鳞，让我装满故乡山水的心灵在溢满酒香的山水里发酵，生长一朵又一朵艳丽的花。

我坐在江边的二坎子上,举起装满爱情的酒杯,孕育一个男人的梦想。梦想在江水滔滔的岸边,打造一个风雨不动的家园,饮酒如歌。

冬日阳光

题记:今年的重庆市应用写作学会年会期间天气与2011年大足年会时相似,先是雾,后是阳光普照,因有所感,诗以记之。

总有一种心跳,渴望在山城浓雾弥漫的林叶间,裸晒一缕暖暖的阳光,贪婪地呼吸一口在光芒普射下从叶脉里散发的香气。

有梦的日子,无论风吹雨淋,无论雾锁山路,总有亮晶晶、湿漉漉的露珠招摇,如母羊发胀的奶乳,吸引羊羔奔跑的欲望。

于是阳光如约而至,照亮满月的树林和空间,照亮一颗追梦的诗心,在山水构筑的花园里抒写生命栉风沐雨的路程。

2014年12月19日下午5:00
重庆理工大学·明德楼

夜宿碧沙岗

多少回梦里头的中原，多少回梦里头的黄河沙岸。我夜宿在黄河边，睡进葱绿的麦苗铺裹的万里大平原。

喝一口奶汁一样的烩面汤，品一碗地道的黄河大曲酒，读一遍轩辕始祖的传说。我在碧沙岗周边寻觅，寻觅生命的原乡。

碧沙岗就是一个地铁站，在梦里，每过一站就是一次盘点。盘点那些冷暖寒热的际遇，盘点那些如烟消散的爱与哀愁。长留一腔赶路的血气，在碧沙岗做一夜冬眠。

2015年2月2日下午
郑州·全季酒店25楼23房

思乡曲

  我在远远的北方,把亲亲的故乡思量。

  想念那朵白云,曾经托起我的梦想,挂在父亲栽种的竹林上,连同我的心,轻柔地飘飞。

  想念那一片一片的豌豆花,点缀在绿油油的豆苗间,在春风中翻来又倒去,像穿着花衣裳奔跑的姑娘。

  想念母亲煮熟的菜稀饭,青菜和稻米混合在一起的浓香,吃在嘴里,吞进胃里,滋养我走遍天涯。

  故乡,亲亲的故乡。我的思念化作母亲的白发如霜。

2015 年 2 月 3 日
郑州·全季酒店

距离
——和赵剑教授同题照片

亲们，我是你俩咫尺之外隔过万重山水的男人，面对定格的照片阅读你俩的芳影，感慨如春潮冲刷着沙岸。

梦想你俩在红色的长凳上抬抬头、转转身，相互在寒风中绽放一个春天般的微笑。

怀念身后驿道边的邮箱吧。在信笺上浏览爷爷奶奶用各种笔墨书写的箴言情语，如啜甘露。

低头是一股潮流。以近距离的冷漠作跨山跨水的交流，传递情感的火花，心醉远方，路迷脚下。

亲们，我想你俩的心一如你俩坐着的凳子，红火一样热烈。只差一个张望，心就在寒地上联通了。

2015年3月4日下午5：30
石家庄信息工程职业技术学院

紫罗兰

  阳台上的紫罗兰,一半面朝天空,紫红的花叶在风中摇曳。一半长在土里,吸收水分和养料,一如我孜孜不倦的生活。
  在风风雨雨的江湖上独行多年,我终于认识了一株紫罗兰的魅力,微笑四季,永不变色。
  在春天,浇灌紫色的罗兰花。我点燃了一个梦,一个花不谢、色不变、心不老的梦。

2015 年 4 月 18 日夜
北碚·UME 影城待影时

以水为伴

我躺坐在水边，仰望温暖的阳光和碧蓝的天空，四面青山外鸟儿和鸣，心向大海，欲睡不醒。

我渴望在梦中潜入滔滔的水流，感受舟子的歌谣，水声的节奏，还有那鲑鱼从我腋下游走的美感。

与水为伴，总有湿漉漉的爽夹着沉甸甸的痛。遥祭父亲披蓑戴笠，躬耕田水的灵魂，心泪沾巾。

2015年6月22日（夏至日，农历五月初七，先父84岁生日，端阳后二日）上午11：00

北碚·嘉陵江边鹅卵石上独坐饮茶，水涨脚下时

找月亮

  在海明湖，月亮是落在水边的半边玉米粑，黄澄澄的、亮晶晶的，在湖水里摇曳。
  我裸游在水中，摸不到月亮的尾巴，抓不住月亮移动的影子。
  夏夜的月，遗落在犬吠的深巷尽头，遗落在知了的长鸣声中，遗落在外婆那双小脚赶月的脚印窝里。
  我从水里走到岸上，我从河边走进树林，在父亲的坟头，我捡到了李白那首对月的诗篇。

2015 年 7 月 23 日下午 5：30
四川·大竹·海明湖

无语的人生
——写给初中同学毕业 40 年聚会

　　题记：2015年7月18日，梁平区合兴中学（原五星中学）初75级1班30余位同学毕业40周年聚会于梁平城郊平川茶场。大部分同学为毕业后初见，个别同学一脸苍老。睹今思昔，心有隐痛，赋诗一首，以解不平之气或曰悟道。

　　40年，不眠的时间年轮只轻轻眨了一下眼。我们这一群乡村孩子，就从童年熬到了中年。

　　40年，潮湿的黄土地，在开满罂粟花的噩梦中醒来，繁殖茂盛的小麦、水稻和高粱，滋养一群又一群追赶太阳的灵魂。

　　40年，我们这群童年时营养不良、一脸懵懂的乡下少年，一直挽着裤管和衣袖，风里雨里，耕耘在蓝天白云下渝东这片坝子的边缘，不息不眠。

　　40年，不眠的时间年轮只轻轻眨了一下眼，我们这群乡村孩子，就从一张脸长成了数十张酸甜苦辣不同的脸。

　　40年，荷花开了又谢，荷叶枯了又绿，田土里的小麦、豌豆、水稻、苞谷,在四季交替里长大又长熟。

  我们读过书的那间教室又换了新楼,青春在我们长满老茧和汗渍的手心一天天老去,茫茫苍天,此何人生?

2015年7月21日初稿

2015年7月25日上午修改

姚家大院

梦里头我又回到中原，一片麦田金黄照亮我明天的梦魇。

走过一垄又一垄麦田，穿过没有尽头的森林和葱绿的花卉园。

在姚家大院，我在城市之肺里徜徉，渴望在生命里栽种一棵绿树参天。

2015 年 5 月 24 日夜
河南·许昌

鸽子

  在北方初秋的深夜,我阅读一只躺在瓷盘里煮熟的鸽子,垂涎三尺。
  凉风把我的唾液吹走,散落在树丛里,血红满地。
  我沮丧地怀念鸽子和平的飞翔,怀念消息树迎风企盼银鸽送来春讯的泪眼。
  仰望夜空,我一声叹息。右手里的筷子,在裸肥的鸽子上沉默。

2015年9月25日午时
中国高校影视学会归来
西南大学·校工会会议室

秋夜的水江

凉凉的秋夜里,我伫立水岸,静读水江。温驯平和的水面,星星点点,团团簇簇的光与影点缀着夜江,涂画着夜江的水,美如仙境。

临水而歌,我仿若打量一位浮出水面的少女从张若虚的诗中款款走来,浅吟低唱,那一身蓝布裙,在三寸金莲的步履中美丽地招摇。

我是一名来自荒漠的孤客。想在秋夜的渔舟上,接过少女的酒壶,狂饮三盅。在梦醒后从萧瑟的驿站出发,到远远的山村采撷一首青春的诗。

2015年10月15日中午12:00
渝北区文化委会议室

雪盼

前日消息,昨夜有雪。

我裹好身心,渴望一赏雪景,在雪地上捡起童年时遗落在田坎边的钥匙,找到回家的小路。

那些年,雪很大,落在故乡的麦苗上,落在故乡长得茂绿的青菜上,冻得妹妹剥菜的手指,紫红紫红。

常常怀念下雪的日子,父亲烤着灰笼,盘算春耕夏耘的笑容。怀念母亲缝补旧衣的巧针巧线,和那些细数一分钱一把米过日子的唠叨。

雪不落了,父亲走了,母亲老了。我独坐客栈,无语无言。

2016 年 1 月 21 日下午
郑州·全季酒店

家乡过年

　　一年又一年,我以一样的游子之心回到家乡,回到村庄,回到母亲身边,过年。

　　爆竹年年炸响,春联年年通红,张贴在门框,似乎闪亮着眼,在传递着千万年一个民族迎春的梦语。

　　今年春光早,太阳暖洋洋。我躺在阳光下怀念那些过年,那些泥土墙,半月瓦屋里,香喷喷的腊肉味飘飞的过年。

　　可我是回不去了呀!家乡的过年。泥土墙没了,半月瓦没了,满目的瓷砖与绿铁皮楼房,生长在肥田沃土里。我闻不到豆苗香,迷失在宽平的乡间公路上,任凭汽车、摩托车奔驰的声音嚎叫。

　　乡村,乡村,农家小院的村庄,你还会回来吗?

2016年2月10日(农历正月初五)下午
梁平名豪酒店1116房

寒江水

我推开两扇窗户，拥抱蓝蓝的天空下振翅飞翔的鸟儿，拥抱春天的阳光在绿树上投射的光影。

此刻，我怀念和想象黄河边的沙滩，和沙洲之上那一株生长多年、永不凋谢的牡丹花。赞美花朵开放的诗歌，书写在蓝天白云上，书写在炒得昂贵的洛阳纸上，照亮游子思归的梦。

天上的彩虹投影在我心海上，乍暖还寒的气流穿肠而过，我撑开双臂静坐水边，超度一段逝去的青春。

2016年2月22日（元宵节）上午11：30
北碚·嘉陵江边

湿地公园

从冬季到春季,从夏季到秋季,我的心都休憩在祈梦多年的湿地公园里。

我曾经筑梦高山。高山树木葱绿,在山林中感受山风呼啸、鸟鸣虫吟,感受夏天东方第一缕阳光透过枝叶照射心灵的痛快和通爽,感受踩在柔柔松针上的片刻惬意。

我曾经心向大海。大海辽阔澎湃,多姿多情,色彩迷人。我渴望在海水中赤裸裸浸泡、畅游,与鱼为伴,在深水中释放生命的活力,绽开青春的梦想,阅读水的柔情和坚硬的本质。

但我是离不开湿地公园的。它拥有一切生命形态和人间至美的余欢,山和水,花朵和鸟儿,水和草,河流和绿树和谐地构造在一起。仰望蓝天,在阳光和雨水的滋润下,显露赤诚的爱与美,养育我生命拔节的声响。

湿地公园,一年四季,风霜雪雨中,都是我生命和心灵栖息的乐园。

2016年3月6日上午
听雨斋

读水

滔滔的水,在风声中翻滚。极目远望,水和云融合在一起,模糊了我多情的春天,模糊了我拥抱青春的时光。

我永远是一个热爱戏水的男人,在阳春三月大地忙于耕种的季节,我想精心挑选一粒稻种,播撒在我经营多年的诗园里,生长美丽的诗歌。

生命是一条河。我捧着一颗诗心,徜徉在滔滔不息的水流里,沐浴天上的阳光,吮吸两岸青山绿树散发的精气,流向天与地敞开的心海。

2016年4月15日下午6:00
巴南·李家沱战备码头

鱼钓（一）

　　初夏的阳光下，我是一名钓鱼的生手。
　　阳光晒亮我额头的汗珠，玲珑剔透。鱼不上钩，我握紧鱼竿不松手。我钓鱼的身，鱼钓我的心。
　　我和鱼隔着一米深水对话。我想象鱼肉的味道，鱼想象鱼饵的味道。光芒中轻轻吹动的风，是我和鱼博弈的看客。
　　面对一池塘水，我仿佛也是一尾被钓的鱼。

2016 年 5 月 1 日中午
合川·土场镇，钓鱼中

鱼钓（二）

在雨中，我又来了，来到这微风习习的鱼塘边，屏住一口气，梦想钓起那条未曾钓起的鱼。

一条，二条，三条……

七条，八条，九条……

我在风声和水声中享受，享受把鱼从钩上取下的快感，顿悟我和鱼饵，和上钩的鱼共同创造的法则。

我不知道，钓起的是不是梦想钓起的那条鱼，但我始终怀念那条脱钩而去的鱼，唠唠叨叨，在酒后，在梦中。

阅读自己举竿被爱人用镜头剪下的背影，一股股暖流在胸腔涌动，梦中的鱼儿在热血中欢快地游弋。

越过爱人剪辑的目光，我读到了身后广阔的山和浩渺的水，读懂了天地之间垂钓的玄机。

2016 年 6 月 11 日上午
合川·土场镇，钓鱼中

梦游玄天湖

　　在梦中,我把我的爱情播种在玄天湖的深水里,祈望它在春夏秋冬的绿水上,时时刻刻生长。无所谓冷暖,也不避风雨。
　　绿绿的水草罩着的湖水,布满缕缕青丝的草根笼罩在柔软的细泥中,千百遍吮吸爱情的浆液。
　　湖水荡起的涟漪,惊飞了水面息栖的水鸟,摇不动水草扎进爱情的根须,生命的胚胎在水中孕育,写下一个世纪的神话。
　　巴岳山上百灵鸟婉转的叫声,透过密密的树林传下来,飞扬在草与湖嵌成的景观里,永远伴陪着玄天湖优美的爱情。

2016年6月12日
听雨斋

鸡公山

——和苏榕《相见欢·游鸡公山》

　　那一年春天，我和你一起爬上大校门对面的鸡公山，汗湿的头发像一只落水的公鸡，把青春的梦想浸泡在天空下油腻腻的发丝里，一点一点发酵。

　　我永远是一只待叫的公鸡，在高高的松树下，旦复旦兮，作业不止，渴望飞翔。

　　天上的太阳暖暖，地上的松毛绵绵。三十多个春天过后，我依然怀念，怀念那次爬山的春游，怀念那些松树下心对心的交流。

　　我老了吗？我的室友，我的兄弟。你那仿佛斑白的头发，是否，是否刻录着我们那次春游如公鸡一样惬意的脚步？

2016 年 7 月 7 日夜
西师街·工作室

重游泸沽湖

　　泸沽湖，神秘的湖。二十余度春秋过去，我的梦不醒，情悠悠。在夏日的凉风中，只想把清凉的圣水再掬一口，重温一遍那年的目光。

　　泸沽湖，女儿国的湖。母性的光芒，照亮一片湖水，映射四面的青山长绿，子孙绵绵，生生不已。

　　泸沽湖，圣洁的湖。圣山圣水养育的摩梭人，日出而作，日落而歌。在农耕与水捕的双重变奏中，弹唱人类文明特有的音符。

2016 年 7 月 23 日
泸沽湖归来次日中午 1：00
邛海边·沙滩上·吊床里

邛海的风

多少年,我梦恋着一个内陆"海"的传说。

我踏着梦的节点而来,漫步在邛海边,打量风的方向。潮湿的风,恬静清雅,滋润着我青春不老的梦。

放眼望海,游人泛舟,白帆朵朵,煽动我走向海深处的脚步。静坐在月亮湾,山色四围,水天相拥。夕阳西下中,游子思归时。万般景色好,难逆回家意。

低眉之间,我无语水岸。

2016 年 7 月 24 日夜

西昌・月城印象・8406 客栈

里约时刻·贺女排夺冠

　　题记：六盘水市·八一花园酒店·8501房，与王华敏教授全家、李姗泽教授及夫人等在电视机前，一同观看里约31届奥运会女排夺冠颁奖，国歌奏响时刻。

　　小小寰球，有几个苍蝇南海搅局。
　　堪笑也。
　　巍巍大中华，岂容那美帝逞霸气。
　　一睹里约，
　　女排巾帼，逞奇威，惊奋起，
　　挥玉手，扣彩球，把全世界赢了。
　　看五星红旗，在亿万双多色的目光里，冉冉升起，
　　我等国人，歌声中，梦圆新世纪。

2016年8月21日晚11∶00

船上惜别
——与室友苏榕同题

　　30年,东西南北风吹杨柳,雪花飘飘往事如烟如梦。

　　我想象自己是一棵布满绿叶的常青藤,绕在你生命的长河中,不离不弃,在滔滔的嘉陵江水里四季漂游。

　　把酒言欢,往事片片。桃园的梦悠长悠长地在你的发际里一根一根点燃。

　　打望下一轮吹拂的秋风吧。不见不散,把走向明天的旗帜高挂在静静的舟船上,幽梦绵绵。

2016 年 10 月 30 日中午
北碚嘉陵江上

都江堰走笔之夜读内江

滔滔的内江水，在我的目光里，在月光的透视下，滚滚东逝，不舍光阴。

风儿吹拂我心，湿凉，湿凉。在凉风中，我一展雄性鸟高翔的翅膀。

我是母亲的儿子，穿过高温的天空和热气腾腾的田畴，到达一片梦乡。

此刻，在大震灾过后的水边，我想念母亲，想念年过八旬的母亲摇着蒲扇的手语。

沉默，沉默。沉默是今夜我对生命的敬畏和讴歌。

2017 年 7 月 30 日夜
都江堰·南桥边

都江堰走笔之沟口听水

　　在劫后余生的山深处，汩汩的水从沟口哗啦啦流出，节奏欢快，一路向东，奔梦而去。

　　我在沟口听水。听知了的叫声拍打流水的心声，听呼呼的风声把流水吹开一张白练，在绿树下挂满夏季生命疯长的诗语。

　　我是一名过客，匆匆。在走向明天的路程中，不经意停留，小憩在这青山沟的浅水边，在水声中测速心跳的节奏，算计下一站人生的路程。

　　水声—鸟声—风声，俯仰之间，一起化作心声，恰似命运的交响，穿越震灾的废墟，伴我同行。

2017年7月31日下午4：50

青城山后街

都江堰走笔之问道

  在炎热的山水间,我是一个迷途的男人。放眼山雾水光,我找不到回家的路。
  我问道山林,道在山林间,道在青城道人手捧的经书里。
  我问道岷江水,道在水波间,道在李冰父子筑好的堰坝里。
  我躺在漂流的小舟里,道亦随我漂流。缓急之间,水光之中,我读懂了那条通往家园的美丽山路——
  它曲曲弯弯,在挂满露珠的林木间,散发诗意的光芒。

2017年8月3日上午8:00
都江堰·虹口漂流中心,返程车上

致小雨

  在热气腾腾的初秋,我蛰伏在高楼凉爽的空调下,透过小小的窗口,透视灰蒙蒙的天和车水马龙流淌的路。

  幻想之间,总是怀念细细的小雨,在春风中,在秋夜里,细细地落,密密麻麻,恰如少女的黑发飘垂,湿润厚厚的土地和茁壮的庄稼。

  小雨细细地飞,落在夜光闪烁的屋面上,汇合聚集,从一个小洞溢出,恰如仙女洁白的乳汁,晶莹透亮,滋养干渴了一个夏季的男人。

  在梦中,阅读伴随乌江河风洒下的小雨。或垂落,或飘洒,多姿多彩。疏密之间,总是秋夜甜甜的生命之花开放。

2017年8月9日上午10:34
武隆·金海大酒店818房

夜走西水河

　　金秋八月,我从热都走来。走进越西文化的心脏,在西水河的源头流连。
　　浸骨的水,从地母的心中流出,汩汩有声,带着地母的爱,源源不绝,流向人间。
　　文昌帝的铭文,在千百年水洗后,散发智慧的光芒。连接茶马古道的石桥,巧夺天工。桥面上的足印,映着汉唐的明月,一路向前。
　　在秋风送爽的夜晚,随水行走。静静的水流,在我的心间泛起阵阵梦走四方的涟漪。

2017年8月14日上午9∶00
越西·渝豪商务宾馆8206房

会理抒怀

　　徜徉在回环交错的古城里,沐浴初秋随兴的小雨洗礼。惬意的诗絮在小城的天空飘飞。

　　聆听小城。商贩的叫卖声,儿童的嬉闹声,行人的脚步声,小河的流水声,还有清晨从远远近近的小巷传来的鸡鸣声,傍晚从广场的街舞中传来的快乐心声,奏和着时代的旋律和小城的节奏。

　　穿越时光,千年茶马古道,马蹄连连;半里科甲巷,各姓人家书声琅琅;郊外密林深处,红军领袖们运筹帷幄。历史的碎片,链接起这座"锁钥之城"的文明与辉煌。

　　秋风中,我流连在石板街上,走走停停,一步步丈量古城幸福的高度。

2017 年 8 月 16 日上午 8:00
会理·县政府招待所 3-1 房

夜读柳河

　　秋夜，我端一杯清茶，独坐在柳河边，呼吸河水流动的气息。

　　温柔的光影下，河水泛起金黄的鳞片，层层叠叠，一片一片流走，快乐而忧伤。

　　水从哪里来？原始森林的冰川，高天落下的细雨，还是大地蒸腾的心雨？

　　流水去了何方？茫茫江海，干裂的土地，还是游子心灵的家园？

　　柳丝在风中飘，小雨在夜空中细细地落。茫然之间，我已分不清柳丝和雨丝抚摸的感觉。亦如这柳河水，我不知道来自哪里，去向何方。

2017 年 8 月 18 日上午 8:30

成都·温江·普洛斯泰酒店 711 房

夕阳下的秋江

秋江水涨,滔滔。辉映着瓦灰瓦蓝的天,辉映着西天金黄透亮的夕阳。

我立于夕阳下的江岸边,静静地读水,水波荡漾。

舟船立于水中,汉子戏于船上,涂画千里江水,万里云天。

四维青山青翠,路边行客熙熙,车水马龙声声,划破水中的浪花,惊梦南飞的燕子。

我立于夕阳下的水路边,静静地读水天造化的土地,闹中有静,一方棋盘上黑白对弈。在楚河汉界里演绎人间世态万般。

眼前水,身后棋。在秋天夕阳的余晖里,我踩着春与秋阳交错的节奏,浅吟低唱,忘记了走回梦想的脚步。

2017 年 10 月 14 日下午
西南大学·西师街·工作室

北方将要下雪
——和峻冰教授同题

兄弟,你在哪里?

还在回忆那个秋夜,你从我的酒杯里倒出的余滴吗?

今夜,我躺在北风呼啦啦吹响的城市里,醉眼蒙眬。

透过淡淡的月光,只想拉一拉你沾有油迹的衣袖,回味你男人的大手曾经煮熟的那尾鲢鱼。

今夜,北方。大雪将要落下。雪落之前,我怀念一起喝过的那些酒,还有在酒气中敞露出来的肝和胆,血红透亮。

兄弟,今夜将要下雪。

请把外套带上,请把酒杯举起。

我想和你一起,在大沈阳的街路上,高唱一曲酒歌,高唱一曲风花雪月的爱情。

大雪将要落下,如同伴送我们青春远去的脚步。

兄弟,喝完这杯酒,踉踉跄跄捧雪煮江湖。

酒醒后，雪盼是今夜梦呓的情殇。

2017 年 10 月 27 日

沈阳中国高教影视学会 2017 年年会，与虞吉、高力、黎风、曹峻冰、楚小庆诸君夜饮时。

立等花开

　　暖暖的春天,我骑一匹醉马,信步深山更深处,渴望在十里桃花中,梦度人生。

　　太阳灼人,光雨洒在额头,晒出颗颗油腻的汗珠。汗珠抖动双眼,迷蒙高远的蓝天和正在耕耘的土地。

　　梦中的花儿含苞欲放,我胯下的醉马踌躇不前。鱼塘的春水宛如明镜,照亮我追梦的雄心。

　　我立马桃树下,静候花开。

2018年3月9日下午
参加西南大学新闻传媒学院"三八"节活动期间
于西山坪·中国西部农科院旧址

第二乐章

古韵新唱

"重材"赋

时为深秋,岁在辛卯。群贤毕至,鱼翔嘉陵江水浅;高朋雅座,鸟飞长江天际阔。五十载风雨兼程,顺江而下,龙凤溪畔辞故园;半世纪硕果累累,与时俱进,蔡家岗上落新居。以喜以贺,以碑以赋。

往事钩沉,昔在株洲,湘江大地,荷塘铺里开土拓荒,始其名曰株洲仪表专用研究所。兴业之初,辛丑之年。适逢天难,举步维艰。四载春秋,首易其址,西进巴蜀。嘉陵江畔,缙云山腹,三花石上二十载。巴山夜雨,北温泉边,合沪上二所壮队伍。时值乙巳之年,庚辰之月,春暖花开,易其名曰重庆仪表材料研究所。夯基础,固本体,一时壮观。十载浩劫,八载废荒,机器不鸣,科研不兴,缙云失欢。

时移世易,枯木逢春。改革开放,盛世我兴。岁在丙寅,再易其址。龙凤溪畔,雄鸡唱晓,缙云吐雾,骏马扬鞭。测温材料,特种合金,工程仪表。三大领域,八方奔驰,神州翘楚。"嫦娥"奔月,优质配套,誉满人间。科研成果近千项,国家奖励捷报频,产品美名天下传。

"合力同行，创新共赢。""国机"文化，"重材"精神。内拥华夏三千年伦理文明执着耕耘，外吸西洋五万里典籍精髓经济通达。亦古亦今，亦中亦西，兼容并包，兼收并蓄。惟国惟大，惟业是举。登高望远，龙凤溪水萦玉带，嘉陵新桥耀彩虹。

　　今迁新居兮，三易其址，再易其名曰重庆材料研究院。拥土二百亩，开阔梦无边。大楼气势，中庭雅致。廊舞池歌，桥吟亭和，鸟语花香。嘉陵滔滔，长江滚滚，歌乐仙舞。科研、生产、行业服务，三位一体，科学发展，和谐共生。轻轨如潜龙门前通渝州，高铁似神马比肩达四海。

　　地利天时，政通人和。坐蔡家古镇而观九州，处两江新区而眺寰宇。"合德合心，合美合利"。精英团队，专家教授一马当先克难关；党政工团，全体员工动如脱兔奔明天。众志成城，同攀高峰。崇业崇德，日新月新。

二〇一一年十一月十八日

本赋文应邀为重庆材料研究院由所升院更名，乔迁新址，建院 50 周年三大喜庆而作。

青青山城赋

　　神州名都，盛世开园。园博园也，西南独尊，世界襟怀。四海建筑熔古铸今，五洲风情盛会于园。登高眺远，水碧天澄。草绿木华，银杏满目。峰峦兮竞秀，郁郁乎并茂。

　　青青山城，主题雕塑东门迎宾。钢铁无声，幻化巨树茂林，奏献绿色畅想。慧心慧手，巧然天成。穿行其间，光影追梦。冬夏秋春，摹人类文明进变。

　　三千亩圣地，泽润三千万生民。嗟乎！灵魂之树，传载科学发展理念。看今日重庆，民心民生，和谐和平。万木共歌，百鸟齐鸣。无尽春色，天涯尽染。

二〇一二年四月二十六日改定

抱犊寨赋

风流抱犊寨,高坐巍巍千里太行之云端,玉树临风;俯察浩浩万里华北大平原,一览无余。特立特行,气吞人间。

近观其寨,拥土六百余亩,平旷而坦夷。田良土沃,草繁木华。环其四周,悬崖绝壁,其险也如此,耕牛非抱犊其上养之而莫能攀也。故此一语,故名萆山,旧名抱犊山。

漫步其寨,风奇光异,景色宜人。故誉为:天堂之幻觉,人间之福地,兵家之战场,世外之桃源也。其奇也如此,是令天下万民莫不晓之往之矣。

上溯其源,淮阴侯韩信,背水一战留英名。两晋之《玉匮》,笔墨著其迹。金将武仙侠,屯兵建寨抗外侵,山便有寨名。

以文化之,险奇抱犊寨,幽幽两千年。涵集兵家、佛家、道家文化,养之育之,泽被当世。

唐人李吉甫,著《元和郡县志》。其言曰:又云抱犊者,古有其名,道家谓之"北岳佐命"是焉。福地之数,云可避兵水。道之一脉,存之于金阙宫、白云山古洞诸宫也。

清初张奇逢，赋《题莘山胜概》，其诗曰：瑶池硕果余盘盏，鹫岭玄机遍陇畴。佛隆而道衰，留迹石窟造像，陀罗尼金幢。自唐至宋、金、元、明、清，佛经教传盛演于寨矣。故而两教并存，祈雨观日，浏览宴饮，叹为观止。

更兼文人墨客，雄才杰士，誉美之词著珠玑，雄魂杰魄留芳迹。一代文宗元好问，元代大儒刘静修，莫不诗词题之咏之矣。

登临天下第一寨，送目日夜景殊异。晴日眺望东方，云蒸霞蔚，鳞次栉比，朗朗天下第一庄也；月夜俯瞰山下，万家灯火，平和安详，呦呦天下第一泉也。

第一缘何？盖因当代：革故鼎新，费尽移山心力，节能减排三连冠河北；转轨变型，使出浑身解数，科学发展先范示中华。呜呼，魅力抱犊寨，幸福新鹿泉之缩影也。

试看今朝，美丽山寨，消逝了刀光剑影，远离了鼓角争鸣。生态旅游，休闲度假，人乐其土。

更喜新景频现，新气频出。金阙宫、罗汉堂、韩信祠、仙人洞、千龙壁、牛郎织女家，及至鹿隐源、高空缆车，犹若繁星耀目，祥和万端也。

其必曰：

迤逦太行奇山出，

坦荡平原险寨生。
历经刀火雄气在,
沐浴盛世万象新。

  二〇一二年(癸巳)春于重庆·北碚
  抱犊寨位于河北省石家庄以西鹿泉区境内,险奇雄美,天下闻名。因当地政府所邀,作此赋文,刻录于山寨悬壁。

勉仁赋

嘉陵江滨，缙云山麓。金刚古镇，水秀山灵。勉仁书院，于斯生焉。及至东倭犯土，国族危亡。一九四〇，一代学宗梁公漱溟，挺举新儒学之大纛，纳贤四方，荟萃为勉仁文学院。秉承孔儒之学，施以仁爱之心。传道授业，勉仁勉己；修身慧智，恒心恒行。

北碚职教，延承其脉。先有勉仁中学、勉仁职业中学赓其志。后至二〇〇三，由勉仁职业中学、朝阳高级职业中学、电子职业中学、梅花山职业中学、仪表中学，五虎聚首，五马归槽，五水汇流，合为一统。命其名曰北碚职业教育中心，绵延至今。

于是乎，勉仁文化，发扬光大。职教渊源，汇成洪流。举勉仁弘业、仁心教人之理念，扬勉仁尚上、追求卓越之旗帜。晨听缙云滔滔山音，夜枕嘉陵汩汩水声。仁义礼智信，尊为纲常；德智体美劳，发展全面。浩浩荡荡，一路高歌。

根植深厚文化历史积淀之职教沃土，沐浴国家示范学校建设的改革春风，厚积薄发，杏坛翘首。电子与数控，园林与酒店，示范建设，彰显特色。莘莘学子,尚技尚能,奋勉工学,特立渝州。进而面向现代,诚信明礼,崇实求真。追求品牌,服务民生;追求优质,奉献社会;追求引领,示范九州。

车水马龙,门前缙云康庄道;鸟语花香,心中勉仁艳阳天。动手动脑,编织幸福职教梦;静读静思,打造美丽人生路;勤学勤践,脚踏生活之坚实土壤;学以致用,肩挑社稷之民族道义。知行合一,志强不息,永兴永年。

二〇一三年十二月二十八日

天府中学赋

籍巍巍华蓥山脉之雄威，挟滔滔嘉陵江水之浩荡。悠悠天府，山高水长。岁逢一九五七，市文星中学先生于兹，继而市一一六中学、天府子弟一中，庠序如春笋应时而兴焉。

于是三校鼎立，共启鸿蒙，泽被一方水土。往事述怀，几番风雨沧桑，数度荣衰更替，不改育人之志。二〇〇一，应时顺势，三校合一。选址兔儿寨下，坐落文星场边，命其名曰天府中学。

只因地质沉陷，更兼地震波延，校舍地裂房裂，举步维艰。二〇〇九，高中部外迁他校，旋即二〇一二停办。二〇一〇，初中部度日板房，庶几四载有余焉。

然天中师生自强不息，追求卓越。树目标立愿景，搞课改升品味。为师者，学养深厚，独具风格；为生者，天天向上，步步向前。树文化引领师生，绳文化舞动校园。历经革故，多难兴校，一时气象蔚然。

天中之兴也，因时而旺；天中之强也，因人而壮。适逢棚户区改造，政府博爱建新校。五十余亩土地筑杏坛，三十余个班级谱华章。时在二〇一三，迁校兮东阳。

　　看天中新校，卓然而立，巨构辉煌。红墙灰瓦，书卷风光。巍峨校门，喜迎东方杲杲日出；绿色操场，欢送西天艳艳霞光。绿草兮茵茵，书声兮琅琅。思其来兮，雄心方炽。区内能示范，巴蜀美名扬。

　　壮哉！天府中学。身在焦家沟，心系大中华；面壁紫金山，志在强国梦。美哉！天府中学。背倚缙云山，闻鸡而起舞；侧畔嘉陵江，枕月以待旦。百年青春意气在，世纪风正好扬帆。

二〇一四年六月十八日

蔡家小学赋

思古之巴国坐拥两江,观今之重庆浩浩汤汤。风流蔡家岗,声名源流长。

"举人楼"里犹传读书声,"北碚粮仓"依稀稻麦黄。时在一九二九,私立维坤女校创建于斯。而后历经革故,载荣载光。岁至二〇一五,终其名曰蔡家小学。蔡家小学者,乃蔡家岗镇中心校是也。

噫吁嚱!值此校区新建,且喜且赋。播种阳光教育,挥洒教育光芒。蜡烛燃胸梦常在,园丁护花仁爱心。勤教勤学知识广,传道授业功夫深。今日用爱心浇灌青青幼苗之根须于沃土,他日用双眼瞻望参天大树之尖梢于云空。

于是快乐起航,阳光人生。勤勉博采,学有所长。昨日稚稚幼童,花开万朵,辉天映地,摘桃采李享童年之童趣,绽开不一样的色彩;明天谦谦君子,大树参天,报效家国,攀桂步蟾书人生之大义,释放同一样的灿烂。

观大楼造型,"人"字当头。人本思想,人格教育,恭奉为上。欢乐竹梆,敲响生命幸福华章;花样跳绳,舞动校园美丽时光;科技教育,开启童年追梦脚步；农耕文化，传扬华夏文明篇章。

于是乎，两江新区流水哗哗，蔡家小学书声琅琅。守教育之本，坐蔡家古镇一花独放，特立特行；走现代之路，拥两江新区五马共车，群智群力。极目坦坦高速路，遥指绵绵轻轨道，挥手嘉陵水中舟，水陆一齐通大海。

二〇一五年十月二十三日

合兴中学赋

　　合天地八方之人心，兴梁山东北之重镇。悠悠三千年，合兴一片天。

　　呜呼！承扬华夏文明，铸就民族梦想，兴旺一方水土，必先兴旺一方育人之庠序。幸有合兴中学，兴于壬子之秋，旦夕四十余载，鹤立万亩丘土之上，鼎扛合兴基础教育天空。

　　善哉，合中！守传统以德立校立德尚美，处当世依法治校和谐文明，观世界质量强校励志博识。常修炼敬业爱生勤教鞭，筑梦想三尺讲台浇幼苗。通大理善诱导为学生终身发展奠基础，强健体重师道为合中兴旺发展献青春。

　　美哉，合中！《诗》《书》礼仪在，《春秋》万世传。乐学学做人，善思善求知。"君子楼"上谦谦君子步履轻盈风度翩翩冉冉庭堂勤耕勤读勤修身，"淑女阁"内窈窕淑女气质高雅软语声声菁菁校园养心养容养德性。

　　合兴心合，兴合合心。合兴心合合中兴，兴合合心合中旺。土李子名扬山城，龙滩柚香飘四海。云复大道车水马龙脚下通九州，万达铁路汽笛长鸣比肩奔八荒。黄家湾堰塘条条鲤鱼跳龙门，大梨树山沟只只凤凰翔云天。

壮哉！合心合中兴，心合合中旺。合心年年合中出人才，心合年年人才旺合中。合中教育和谐发展兴合兴，合中人才争创一流旺梁平。梁平合心共一体，华夏民族共一心。

赞曰：神州教育合心合力合兴家邦，合兴中学万众合心永创辉煌。

二〇一五年十二月二日

合兴中学位于梁平区东北合兴镇内，本人于1973年9月—1975年7月就读于该校。

护城小学赋

善哉！壬子之年，梁山东北，护城寨下，断石桥边。护城小学，前身梁山县护城局中心团私立小学于风雨岁月兴焉。经百年沧桑，历时代变迁，大众、灯塔、星桥诸名先后缀其前。时在丙申之冬，因其地属护城村，坐落护城寨下，乃更其名曰护城小学是也。石断桥不断，桥断水长流。校名虽经数次更换，精神实在一脉相传。

俯瞰其校也，南走菩萨顶，北望高都铺。大岩口敞开千年石板道一路走天涯，小岩口辟出万条泥泞路条条通四海。环眼观之，坨坨寺、地母庙，庙里经书安在哉？水观音、花园庵，普世济民奈何天。幸哉！护城寨护城护国护苍生，石院墙守家守院守传统；火车头奔东奔西奔八荒，互联网连天连地连校园。宗教习俗折射一方文化深厚积淀，科学精神瞄准民族未来坐标方向。

护城小学者，美丽乡村小学也。小河门前过，慈竹荫校园。鸭戏田水中，鸡鸣围墙边。身在田畴之间，心向九天之外。近观其校园，精巧雅致，鸟语花香。遮天蔽日林荫道，杨柳依依河边风。教学楼里听蛙声，操场边上观虫吟。春风吹开玉兰花，多情年年色不改，芳心直立谢君恩。

　　细问其校也，断石桥下潺潺流水曲曲弯弯通大海，白杨河边稚稚学童平平仄仄颂诗书。读书乃人所必需，教育是强国之本。为师者，勤严细实呵护幼苗，潜心育人燃烧青春。为生者，乐学勤学夯实基础，善思求真谋算未来。秉持尚美进取之气质，坚守立德树人、全面发展之理念。

　　于是乎，护城小学，校小年年发展大，地偏岁岁锦旗挂。杨家石桥寸石寸桥分分秒秒度月度光度人生，黄泥塝上碗碗泥巴春夏秋冬养稻养麦养庠序，向家院子喳喳雀鸟朝朝暮暮说古说今说盛世。

　　赞曰：护城寨下一名小，
　　　　　春读秧苗秋看鸟。
　　　　　百年育人万世史，
　　　　　桃李神州路迢迢。

二〇一七年三月二十五日

护城小学位于梁平区东北合兴镇护城村内，本人于 1976 年 9 月—1978 年 7 月就读于该校。

一斗火锅赋

　　善哉！燧人氏取火种照亮苍生，巴船夫煮火锅麻辣天下。观今日重庆，火锅遍市。火锅文化，誉满华夏。

　　然火锅品牌，林林总总，难以计数。一斗火锅，一花自秀。斗者也，中华民族之传统量器也。斗装的粮食，温饱亿万斯民；斗载的美酒，陶醉江湖人心。

　　于是乎，一斗火锅，恪守传统商贾道德礼数，执念一斗火锅文化精神。以商养世，以食会友。广结四海贤达，泽被八方嘉宾。吃一斗，喝千斗，赚万斗，逐梦天涯闯九州。

　　一斗火锅，斗大火锅。聚嘉陵江水，聚扬子江水，聚三江五湖之水。煮血旺，吃鸭肠，烫毛肚。煮尽人生麻辣辛酸菜，吃遍天下一切可吃物，烫熟世间万般可烫情。

　　喜看亲人团聚，四世同堂，耄耋稚童，姑嫂叔侄，患难夫妻，其必长幼相序。纲理伦常，彬彬之礼，温温和和，一锅一菜一酒，一麻一辣一鲜。自当子孙绵延，福禄寿康。

　　至于兄弟相逢，青梅煮酒。则便放荡开怀，

小节不拘。肉片泥鳅黄喉,藕片海带豆芽。荤荤素素一锅煮,风风火火一声吼。猜拳行令,拳语即手语,手语亦心语,心语乃酒语。

　　而或情人相约,四目以对。忘情之间,红雨随火翻作浪,烫脆瓣瓣腰花;清水着意化为汤,煮熟片片香肠。前世今生缘分,浓情似火燃烧。锅里碗里,半醉半醒意阑干。

　　观一斗火锅,斗文化造型。本地侠,外来客,南北宾。位不分尊卑,才不言高下,币无论多寡,皆是围锅而坐。阔论天上人间,笑谈古今奇观。尽享麻辣鲜香风味,品鉴快意真情人生。

　　其必曰:火锅煮两江,麻辣天下香。
　　　　一斗生缙云,独味飘四方。

二〇一八年一月十六日

第三乐章
父女镜像

致桃园生长过的青春

　　为西南师大（今西南大学）中文系82级同学毕业30周年聚会而作。

匆匆那年
迷茫的青春
在桃花凋谢后落幕
30年
再相见
或许不再有圆顶食堂的包子
拿在嘴边
一咬就流油
人到中年
生命已然在风雨中
煎熬成了嚼在嘴里的口香糖
吞不进去
吐不出来
桃园二舍的风啊
风干了缙云山的积雪
文星湾天气炎热
渴望你带来一瓢春水解暑

一教楼门前的秋雨

细细地流

穿越你放飞风筝的嘉陵江

化作汩汩水声

漫向天涯海角

流进中文系82级每位同学

念想的梦里头

叠成一行心语

相约30年

一起整理过往岁月的行装

打望栀子花开

打望走向下一轮春天的阳光

2016年8月25日晚10：00

工作室，酷热中

父亲

袁小令

手上的棋子
是你忠诚的战士吧
你率领它们
奔赴你勇敢的英雄梦想
——它始终未在年、月、日里面
衰落,或沉沦

世事,同时光一样
难免残忍
它们收缴了少年手上的剑
赤手空拳,要如何
收复故事里失落的江山?
你只能把家
筑成堡垒
保护母亲,和我
——日复一日
我看到你疲惫,你佝偻
你匍匐大地躬耕
为了给我们摘下

天上的星辰

有时候你讲起往事
还有故乡
听来，本不应该味同嚼蜡吗？
你心里一定住着火焰
才暖的炎凉
也栩栩如生
那一刻我想起来
——就连母亲也可能忘了
——你一直都是浪漫骑士
——你一直都是桂冠诗人

2016 年 10 月
美国南加州大学

最后的音符

闲话当年

捡狗粪那些事儿

40多年前，捡狗粪是我们那一代农村少年的家常活儿。与割猪草、上山打柴相比，当年捡狗粪是件臭并快乐的事儿。那些"臭"事早已过去，写这篇短文，只为痛和记忆。我在心里一遍遍翻阅它们，"晒"它们，体验它们，只想从中吸取人生的养料和奋进的力量。

我们那一代20世纪50年代末60年代初出生的人，一上学，即遭遇"文革"。学校几近瘫痪，平日无书可读，生活极度贫穷。每到春天青黄不接之际，家家遭受着断粮、饥饿的折磨。每天前来讨口要饭的老少男女络绎不绝。公社播音员用重庆话或"渝普"一日三遍声嘶力竭地高喊着"农业学大寨""抓革命，促生产"的口号，队长也一日三次早、中、晚站在生产队最高的山坡上吹响出工的喇叭，大人们扛着锄头等农具有气无力地走向田间。

与此同时，我们这些半饥饿状态的少年儿童左手提着狗粪撮箕，右手拿着一个木刮，或一把狗粪笆锄，奔赴一个个院落周围的树林、竹林或菜地。目光逡巡，把一坨一坨狗粪钩进撮箕。在我们生产队，捡100斤狗粪，可以挣到25个工分，相当于成年男子两天半的报酬，相当于成年妇女三天多一点的报酬。到了年底，我们队10分工（一个成年男子的劳动日）可以折合成人民币2—4毛。

就我而言，运气好，一天可以捡5—10斤；很多时候都是颗粒无收，提个撮箕搞半天，一坨狗粪也捡不到。有一次，我和一位同为教授的铁哥们儿谈起这段时光，经历极为相似。他说，他有一次没捡到狗粪，怕挨父母骂，就提着空撮箕在粪凼边有意搞得震天响，结果被哥哥举报，最后挨了母亲一顿臭骂和竹鞭。

狗粪的气味，因狗而异、因季节而异、因其所食的食物而异。有的狗粪臭气熏天，有时候，有的狗粪在那个年代却有一股说不出的香气。狗拉屎的地点，也因狗而异，因季节而异。多数是在屋前屋后的树林、竹林、菜地里，或者路边有长草的空地上。但也有例外，有一年冬天，我和另外两个比我大二三岁的狗粪娃，差不多同时发现了一个秘密，在我们生产队的石场边，有几条狗每天早上都要集中把狗屎拉在一块儿，那个叫陶鼓眼儿的哥们儿比我们狡猾，好几天早上他都抢在我和另一个叫龙兴福的哥们儿前头，把那一片狗粪一网打尽，尽皆钩走。我和龙兴福只好和他交涉，约法三章,轮起来每人一天,为此,龙兴福和陶鼓眼儿还差点儿打将起来。这事早已过去,只是,我的铁哥们儿龙兴福早在10余年前就在进城打工抬水泥板时摔死了。行文至此,我只有以这种方式对兴福和那段时光予以沉沉悼念,愿兴福哥们儿在九泉之下安息。

  一个初秋的下午,天干还没结束,稻谷已经收完。我们七八个狗粪娃走在一路,狗粪没有捡到几坨,人却热得大汗淋漓,口干舌燥,分外难受。我们一群人走到离家约五里之外雨仙山下的公路边,发现一个凉水井。于是大家几乎同时迫不及待放下撮箕和小耙锄,一个一个轮流下到已经枯得很浅的水井里捧水喝。期间不知是哪个哥们儿搞了个馊主意,喝完水上井时,嘴里包上一口,吐在撮箕里干得眨眼的狗粪上,以增加一点重量。此举一出,众皆效行,正当大家兴高采烈整得热火朝天的时候,我听见了老表唐文的哀鸣声。原来一名出来挑枯草的青壮男子见到我们的举动,很生气,吼骂道:"老子们喝的水都没得,你几爷子狗屎娃竟还把它拿来淋狗粪。"言毕,顺手缴了我们放在地上的一顶草帽,扛着扦担,扬长而去。

  那草帽儿刚好是大我一岁的老表唐文的。唐文见状,紧跟而去,想要回草帽。一边哭,一边哀求到:"叔叔,叔叔,求您把草帽还给我啊!我的草帽是爸爸昨天才给我买的呀!"那哀鸣的声音至今常常还在我的心头回荡,搅得心痛。唐文跟了半里多地,拉住那男子的衣服不放,也没有博得那男子的同情，始终没要回那顶草帽。后来听说，因为那顶草帽唐文那天晚上回家被他父亲狠揍了一顿。我想，唐文凄厉的哭声，是因为弱小、贫穷和少年的荒唐，那个30多岁，穿一条火窑裤，上身光胴胴晒得黝黑的男子因为我们这些少儿的一点儿荒唐举措，借机掠夺一顶草帽，实在是野蛮和狠毒，颇似执法又犯法，恰是一个特殊时代、特殊社会语境下长出的一朵人性"恶之花"。

还有一件事儿，至今难忘。有一天，我们几个狗粪娃，好不容易平均每人凑到了一两粮票、五分钱，于是约定去县城国营食堂买包子吃。我们生产队离县城三公里，于是我们几个狗粪娃儿沿着公路一边捡狗粪，一边向国营食堂走去。我们一群人提着狗粪撮箕，自北门入，走过半里街道，到了国营食堂门口，正值下午，我们把撮箕放在门口，把皱巴巴的钱和粮票递给柜台那位收银的服务员。那位女服务员不到三十岁，长着一副泡粑（本地方言，即白糕）脸，见到我们这群狗粪娃儿，卖也不是，不卖也不是，瞪了我们一眼，用鄙视的目光和厌恶的神色把包子卖给我们，呵斥道：

"狗粪娃儿，快点走！"

饥不择食，何况美味，哪里顾得上什么尊严。我们一人拿着一个肉包子，把撮箕和耙锄一手提着，一边吃，一边沿北门经飞机场边出城。我至今仍记得吃着那个肉包子的快感，也记得一路各样市井的目光，记得女服务员在那个特定时代展示出来的高贵与傲慢。

40余年前，捡狗粪那些"臭"事儿，那些场景和画面，今天"90后"的城市少年包括农村少年，都一定不会见到甚至难以想象，它是那个特殊时代一代人的"命"：贫穷、苦难、饥饿、荒唐、屈辱。40多年过去了，喜逢盛世，我有幸忝为教授和作家，但那段少年时光，却永远挥之不去，常常在我心灵的底部发酵，引得一阵一阵的心酸和疼痛。对那段荒唐的历史，怨恨之余，时时辗转反思。那位挑草的汉子已经不再有强壮的力气，那位国营食堂女服务员也已不再漂亮，但他们的强恶态度，鄙夷的表情却常常在我心灵的屏幕上再现。从另一个方面启示我怎样面对苦难和快乐，面对强权和弱小，威武不屈，贫贱不移，以仁者之心待人立世，笑对生活，笑对人生。

2011年7月9日

后　记

　　《心未眠》是我出版的第3部诗集。它收录了我自2011年4月以来7年间的全部作品，现呈现在各位读者面前。

　　这几年，伴随着年龄和阅历的增长以及整个生活的变化，我对生命、自然和社会的认知也有了很大的改变。身处火热的、变革的、转型的新时代，每天都在迎接新知识、新信息、新文化、新物质的刺激和挑战，教学、科研给我压力，也给我动力，给我带来了成功的快感和成就感。

　　与此同时，我对价值感的感悟和思索一刻也没停止过。我们活着，我们创造，我们不断面对形形色色、多种多样的人和事，喜怒哀乐，麻辣酸甜。很多时刻，我的心绪都在眼前与过往、城市与"乡村"、现代与传统、善德与陋行之间梭行，苦闷又彷徨，渴望超越现实，超越世俗。当然，这是何等的痴心与妄想啊！

　　于是，我依然沿着我既往的创作路线，勉力行走在新东方主义的诗美道路上，踏着东方的、古典的意象和意境，执着于新牧歌一般的人文情怀，走进当代生活，投进"乡村"和母爱的怀抱，表达我对生命的体验和人生的感悟，感受"乡村"的淳净、素朴和生命的本色存在，感恩伟大的时代和那些共在的真情和善爱。

这几年，我开始应邀写一些赋文。或许，这些赋文会从另一个维面展示我的情怀和我对人生、社会和世界的认知与态度。

征得女儿袁小令同意，集中收录了她在域外写的一首诗，算是一种生命注解。

衷心感谢著名诗学理论家、博士生导师熊辉教授于百忙中拨冗作序。作为比我年轻许多的学者和同事，他深厚的诗学研究功力和温暖独到的批评眼光，给了作品很高的奖掖，给了我很大的鼓励。在此，我谨向他表示深深的感谢。

特别感谢西南师范大学出版社的各位领导和编辑朋友们的支持、帮助和辛勤劳动，感谢李远毅先生为本书出版所作的策划和帮助。

袁智忠谨识于
西南大学影视传播与道德教育研究所
2018年5月18日